消失的房間
都市傳說系列
10
笭菁
著

都市傳說10：消失的房間

楔子

女孩們高舉著自拍器，在鏡頭前擺出各種青春洋溢的姿態，誰叫這房間太美麗，隨便一角就能讓她們拍好久。

「換個造型好了！」長捲髮的女孩跑到行李袋邊，翻找她的衣服。

「哇，妳還帶衣服喔！」棕短髮的女孩有點錯愕，「我們不是來檢查而已？」

「我跟妳說過這裡超漂亮的啊，我刻意多帶一套衣服——登愣！」長髮女孩從包包裡拉出一件蘿莉蕾絲風格裙裝。

「哇！」短髮女圓了雙眼，環顧四周的風格，「也太合了吧！妳果然是有備而來！」

「這種蕾絲衣，坐床上或站窗邊都超配的！」她哼著歌兒，往床角斜對面、靠窗的廁所走去，「我去換衣服，妳等等幫我拍！」

「沒問題！」短髮女自個兒坐到床上去，再來自拍幾張。

長髮女孩愉快的進入廁所，這廁所雖然簡單，但壁磚也用了彩繪風格，真羨幕有錢人，只是社團蓋棟活動中心都能蓋得如此美輪美奐，完全莊園風格，還座落在百花齊放的庭園中，不清楚的人還以爲是什麼豪華別墅咧！

她們是學生會，來檢查這棟新的活動中心，蓋在學校腹地的最邊角，這兒周遭都尚未開發，據說未來是醫學院的用地，所以現在完全都不能動，充其量只是放著，任植物樹木自由生長，也當成校園一處綠意。

在綠意中，有個社團建立了活動中心，可當訓練場所，也能提供其他社團租借，這種屋子就隨便搭搭鐵皮屋就好了，但偏偏他們「自費」，蓋了間兩層樓的歐式木造莊園，佔地兩百坪，裡面共有八十多間房間，她都不知道這是蓋旅館還是活動中心了。

而且，根本沒有集會的場所啊，全部都是房間，較大的集合點只有一樓的客廳，以及外面的庭院廣場了。

該社團說集訓都在外頭的庭園裡，也是啦，屋子是拿來休息用的……女孩換上裙裝搖著頭，有錢人想的就是不一樣啊，蓋這麼一棟豪華莊園，聽說目的就是要跟另一所學校的同質社團互別苗頭！

「簡直莫名其妙。」女孩攏攏長髮，在鏡前繞了個圈，「運動社團的競爭就算了，都市傳說社有什麼競爭可言嗎？」

是要比誰遇到的都市傳說多？還是比賽誰會的都市傳說多？這根本沒道理啊！

「妳說我們學校是不是很怪啊，跟A大鬥什麼，為什麼什麼都要比？這算良性競爭嗎？」

她不解的拉高音量，奇怪，為什麼沒有回應？

「喂，妳有沒有聽見！」她邊說，一邊拉開門，「我……咦？」

打不開？女孩使勁的轉著該是簡單的喇叭鎖，卻連轉都轉不動，「晴！」這是惡作劇嗎？

可是，喇叭鎖怎麼有辦法反鎖啊？

「喂！晴！妳幹什麼啦！不要鬧喔！開門讓我出去！喂——」她拼命的拉門，一邊用手拍著門板，「開門啊！呀——」

她的叫聲在浴室裡迴響著，但無論怎麼拍怎麼拉，這門就是不為所動！

怎麼會這樣……她望著鏡裡孑然一身的自己，她什麼都沒帶進來啊，不管手機或是包包……晴是她好友，無緣無故為什麼要這樣對她？

她開始在浴室裡尋找工具，只是一道普通的喇叭鎖而已，大不了打爛就好了！

晴在陽台上拍下一張陽光充足的照片後，旋身從窗簾後走了出來，「欸，靜雯，妳換衣服也太久了吧，是有多難……」

原本笑著的嘴角突然僵住，她愣愣的看向窗邊該是廁所門的位子，爲什麼……門不見了？

「咦？」她驚愕的回憶著，靜雯剛剛的確是從床角的十一點鐘方向進去廁所的啊，可是現在爲什麼是面牆!?

她衝到牆前，慌亂的以雙掌觸摸著牆壁，如此紮實，這不像是有什麼機關……等等！那這間房間總該有廁所吧？

往右邊延伸看過去，在房間門後那區塊，原本是牆的位置，現在竟出現一個敞開的門口。

「靜雯？」晴戰戰兢兢的走到門口，映入眼簾的是一間陳設類似的浴室。

不存在的浴室憑空出現，但是剛剛的浴室卻消失了？

「靜雯！不要開玩笑了……」她搖著頭，開始全身發抖，這不正常，這絕對……晴抱著頭，「我去報警！妳等我！」

她直衝到床腳前，拿過自己的包包，隨手一抽旋身就往門口衝了出去！

砰！

靜雯用廁所裡的蓮蓬頭，狠很的敲爛了喇叭鎖，她淚中帶笑的趕緊把喇叭鎖拔掉，激動的拉開門——咦？

穿著可愛蘿莉裝的女孩呆站在門口，不可思議的看著眼前一堵紮實的牆……

「怎麼會……怎麼可能!?」

她握緊雙拳狠狠的往牆上搥去，每一下都是厚實的，毫無空心！

「哇啊啊啊啊——」

第一章 春訓

「聯合集訓？」林詩倪捏著手上的傳單，打從心底說不出來的不爽。

今天的「都市傳說社」來了不速之客，一群S大的學生們來參觀學校，接著便提出了想跟「都市傳說社」交流的意願，所以由老師介紹，來到了現在全校最大、也最知名的社團：「都市傳說社」。

社長夏玄允超級熱心接待，總務兼美術兼工友兼紀錄的郭岳洋還買了飲料請他們，其他社員們打量著一行五個人，怎麼看都怎麼不順眼。

怪了，社長他們就不覺得這幾個人氣焰囂張得很嗎？

一來就說他們是S大學的「都市傳說社」，開始嫌棄他們社辦多小多寒酸，設備竟如此簡單，門口進來只有一張沙發、一個茶几，其他都是塑膠板凳跟折疊桌子，最後面兩個鐵櫃看起來也有年代還帶著鏽蝕，鐵櫃後的小空間裡，坐著一對男女，默默的隱藏著。

是是是，他們知道S大生都很有錢，然後呢？

「聽起來很有意思耶！」夏玄允，都市傳說社社長，生得一副二次元的可愛萌少年樣貌，甜甜的酒窩跟漂亮的臉蛋，有一張高中男孩稚嫩的臉龐，興奮的看著宣傳單笑了起來。

到底哪裡有意思啊？其他社員眉頭都皺緊了，林詩倪的男友阿杰死命朝他使眼色，他還開心的跟郭岳洋分享資訊。

「所以是住到某個地方集訓嗎？」郭岳洋一雙眼睛也閃閃發光。

鐵櫃後的方桌上，一個高大的男孩看向身邊的邋遢女孩，搖搖頭，「沒救，他們想去。」

穿著寬鬆外套、一頭蓬亂短髮的邋遢女孩扶了扶鼻梁上的粗框眼鏡，明白，她聽出來了，那兩個傢伙語調之興奮，藏都藏不住。

「是……住在我們都市傳說社專‧屬的活動中心！」說話的是個看上去很幹練的男孩，頭髮用銀灰髮蠟裝出很酷炫的造型，「可以容納很多人！」

「很多人？是多多？」林詩倪果然不高興了，「我們這裡的人都去是裝得下喔？」

現在在場的至少有三十個人。

幾個學生掃視一周後，直接露出嗤之以鼻的笑意，「嘻，拜託，這些一人一間房，連一樓都裝不滿！」

「咦？」夏玄允雙眼晶亮趨前，「一人一間房還裝不滿？這麼大啊？」

對方昂起頭，露出驕傲的模樣，就是這姿態讓其他社員看了不是滋味，感覺就是來踢館的嘛，而且他們學校跟S大素來水火不容，還同社團，跑來他們社團做什麼?

「那全社員去呢?」阿杰出聲,「就不信這麼大!」

「哈,我還就不信你們全社都會來!」說話的是個魁梧的男生,「人數多是一回事,要自付錢來春訓那又是另外一回事!」

「你……」

「說得也對啊!去的人應該不會多,聽起來很有趣耶!」郭岳洋還在那邊答腔,「這主意不錯,我們還可以認識更多人呢!」

S大的社長微蹙起眉,奇怪,爲什麼他們感受不到這個「都市傳說社」社長的不悅咧!?而且他們看起來好開心啊!

「這位是郭岳洋,他負責統籌一切,我們商量好日期、還有費用之後,就開始展開報名!」夏玄允比誰都雀躍,「我們元老級的社員一定會去參加!」

元老級?馮千靜立刻看向毛穎德,該不會是指他們兩個吧?她可沒說要去喔!

「那……嗯,這位是大柴。」社長林淮喆介紹著,「他是總務,就跟他討論。」

爲什麼這位夏玄允社長,完全沒有他們預料中的發怒或是衝突呢?A大的其他社員反而敵意較強。「都市傳說社」的幹部最後交換LINE，默默的離開。

夏玄允跟郭岳洋還送他們到電梯邊，揮著手愉悅的道再見。

A大的「都市傳說社」……眞的很獨特耶。

「夏天！你爲什麼要答應？」

「就是啊，沒見他們一臉囂張樣，他們一看就是來踢館的啊！」

「這裡這麼小，怎麼設備這麼少，一點都沒有社團的樣子！」有人還模仿起他們來，「我們的春訓住宿又大又豪華……什麼態度啊！」

才一回社辦，所有人紛紛發難，衝著夏玄允以及郭岳洋抱怨。

「我覺得沒那麼嚴重吧。」夏玄允露出迷人的笑容，「我想都沒想到，S大也有都市傳說社耶！」

「對對對，我聽到時超開心，想到又有更多人也喜歡都市傳說就覺得愉快！」郭岳洋由衷感到愉快，「而且他們提出的交流也很好啊，我們可以去認識一樣喜歡都市傳說的人呢！」

現場一片靜默，如果能有烏鴉飛過，絕對是成群；他們不是不知道夏玄允跟郭岳洋是都市傳說狂熱愛好者，感覺遇到都市傳說就會少一根筋，但是沒想到連對這種明明盈滿敵意的行爲也毫不在意。

「問題是春訓的名義也太奇怪。」毛穎德終於從鐵櫃後走出來，「我們又不是運動社團，要訓練什麼？」

一般如果是網球、籃球等運動社團，玩個春訓還有點意思，到另一個有景點的地方練習、增加凝聚力，但那些運動社團都有其目的，他們這種文靜社團能做什麼？

「反正就是出去玩啊，認識新朋友，我也想看看他們自豪的設施。」郭岳洋對渴望毫不遮掩，「春訓也只是個名目……眞的要訓練也有梗啦！」

「對啊，我們可以來訓練大家對都市傳說的敏銳度，增加大家對都市傳說的認識、還有遇到時該怎麼應對！」夏玄允還眞的都想好了，一雙眼閃著期待看向毛穎德，再移向鐵櫃後方，「所以你們一定也會去參加的厚？」

大家都對都市傳說感興趣，但說眞的，沒有很想遇到的意願……其他社員嚥了一口口水，默默跟著轉向毛穎德，現在社內遇過最多次都市傳說就是社長爲首的這四個人了，也只有他們次次能逃過一劫。

他們四個是同住一層樓的室友，屋子是社長夏玄允的，房子爲四房兩廳，大家都有寬敞的生活空間，現在「都市傳說社」是校內最紅的社團，其主要幹部更是當紅人物。

夏玄允跟郭岳洋就別說了，長得白淨可愛、與世無爭的模樣，活像二次元裡走出的萌系少年，社團大樓外的那條林蔭大道上，每天多少女孩子在那兒等著拍他們兩個！

剛從櫃子後走出的是毛穎德，身材結實壯碩，跟夏玄允一起長大，是體育健將，擅長跆拳道與游泳；而夏玄允跟郭岳洋是國中同學，當年兩個人就很喜歡都市傳說，沒料到大學重逢，才一起創立了「都市傳說社」，毛穎德是因爲總角之交不得已加入，否則他平時最討厭怪力亂神的東西，夏玄允都清楚。

夏玄允不清楚的是，嘴上說怪力亂神很煩的毛穎德，其實是個第六感很強的人，他甚至可以感受到不尋常的事物，雖未到陰陽眼這種功力，但至少察覺陰邪還算敏感，可以說是……「微靈異」體質！

當然，毛穎德死都不會道出這個祕密，之前遇到再多次的都市傳說，他早就察覺有異狀，也從未明說，因爲……依照夏玄允跟郭岳洋這對活寶，對詭譎之事如此狂熱，一旦知道他能感應，豈不是每天拉著他到處涉險試膽！他活膩了白痴傻了才會讓他們知道！

世界上知道這件事的，就只有另一位室友，馮千靜了。

馮千靜是幽靈社員，她在開學第一週流年不利而且犯傻的爲抄捷徑走海報街，恰巧遇到社團招生，被盧到受不了所以簽下社團入社書，早說好了是幽靈社員——結果，哪一次遇到都市傳說，不是她去衝鋒陷陣！

坐在鐵櫃後擰眉的馮千靜顯得不耐煩，儘管她一身邋遢，低調得像個無趣宅女，可偏偏這只是她的僞裝，爲了獲得一個「平靜安祥」的大學生活，因爲她實際上的工作是「女子格鬥者，小靜」。

她不知道那天爲什麼會走海報街、不知道爲什麼偏偏被夏玄允攔下，更不明白爲什麼人這麼多，偏偏郭岳洋是她的粉絲！

這是一種偶像化成灰都會被認出來的概念啊——所以她被軟威脅合住、然後被這兩個狂熱者拖著到處撞見都市傳說，加上他們除了長得可愛、很想跟都市傳說一起過著幸福快樂的日子外，一點解決危險的能力都、沒、有！

身爲格鬥者，麻煩的情況，還是得由她這美人救英……不，救萌少年。

平靜安祥的大學生活，突然變成一種奢求，她從比賽的擂台，到了現實生活的擂台，對手還是莫名其妙的都市傳說！

「我不去。」馮千靜拎起背包，直接繞出鐵櫃，「人家說春訓你就春訓？很閒喔？」

「啊——小……」小靜這兩個字夏玄允硬是呑入腹，馮千靜最討厭別人這麼叫她！「馮同學，當作去玩啊，而且妳跟毛毛的實戰經驗最多，可以教大家怎麼逃生！」

「咳！」毛穎德咳了聲，叫什麼毛毛！幼稚園嗎？「我覺得大家沒有很想遇到吧？」

回頭環顧社員，出現一種點頭如搗蒜的狀態。

「但是人生很難說啊，萬一遇到了呢？」郭岳洋還敢哪壺不開提哪壺，「林詩倪，你們遇到紅衣小女孩時，也不是自願的嘛！」

林詩倪皺起眉，「你這種鼓吹法很爛耶，誰想遇到啊！一個紅衣小女孩就讓我們差點掛了……」

「但是妳後來不是一直很想碰碰看？」夏玄允殷切的鼓舞，「像是隙間女……」

男友阿杰一步上前，「不要鼓勵她！隙間女我們丟了幾個同學你們不是不知道！」

「是啊，夏天，都市傳說是很迷人，但不代表是好事。」大頭也語重心長，「你們太不當一回事了！」

「誰說的！」兩個男孩驀地異口同聲，「我們很認眞看待都市傳說的！」

是是是，就是因爲非常看重，所以才會變成這般狂熱。

「唉，其至他們不是幸災樂禍，也不是戲謔，只是因爲喜歡都市傳說，才會有那種反應。」林詩倪忙著解釋，「其實大家都知道，爲了幫助遇上都市傳說無法脫身的人，他們總是不遺餘力的。」

唉，知道歸知道，但每次看見夏玄允過於燦爛的笑容，「受害者」們總是不是滋味。

「反正去看看嘛，我們跟S大又沒什麼仇，大家何必劍拔弩張！」郭岳洋還是一貫和平主義的模樣，「我非常期待他們的社員會是怎麼樣的人呢！」

「是啊，有我們瞭解都市傳說嗎？」

「你們光遇過的就贏了吧？」阿杰蹙眉，「喂，他們會不會很想要遇上都市傳說啊？所以才那麼囂張？」

「對耶，再怎樣都不可能有我們社團強吧！不說遇到的，我們懂得也比他們多吧！」大頭深表同意，突然之間一股比較的氛圍再度出現，「郭岳洋剛剛說得對，我們可以去切磋啊！」

「夏天隨便搬個裂嘴女就嚇死他們了！」

「拜託，社團老師家裡的隙間女才可怕吧！到處都是空隙！」身在其中的林詩倪想起來還打寒顫。

「騎車的都去遇遇紅衣小女孩！」阿杰揚聲，「從後照鏡看她手刀狂奔，看他們會不會嚇到摔車！」

就這樣眾人你一言我一語，毛穎德跟馮千靜互看一眼，他們幾乎已經知道結果了。

「小靜……」郭岳洋來到她面前，用小貓般懇求的眼神望著她，拜託……

馮千靜緊皺眉心，放假她要訓練，哪有時間陪著出去玩……就算只有兩天一夜，那也會耽誤掉多少課程！她是個要比賽的人──「毛穎德去我就去。」

她莫名其妙的撂出了這句話。

郭岳洋立刻看向毛穎德，他接收到強大的訊息，不可思議的看著馮千靜，是有沒有必要把球丟給他啊？他一對二，光應付一個夏玄允就沒辦法了，哪還能再加一個郭岳洋！

夏玄允倒是沒想像中的立刻衝上前拜託，而是帶著點訝異的神色，目光在他們兩人中來回梭巡，這絕對不是錯覺，他跟洋洋都感覺得到，小靜跟毛毛之間的變化。

化學變化。

「好啦！我去！」在他們展開纏功之前，毛穎德率先舉白旗投降。

事實上，他知道這兩個傢伙一定會去，偏偏又放心不下讓他們獨自前往，老想著萬一有萬一，這兩個一點應變能力都沒有。

馮千靜聳肩，行，毛穎德去她就去，沒有二話。

她淺勾著笑容，朝他說聲再見，她下節有課，本來沒興趣到社團來的，要不是林詩倪發個什麼「緊急通知有人踢館」她也不會跑過來。

他們不知道「踢館」兩個字對格鬥者來說可嚴重的咧！

一如對方所預料，這兩天一夜需要繳交費用的春訓，果然報名的人為數不多，幾乎都是創社初始的社員；大家原本要包車，但是S大非常大方，或說是展現他們的財力，說了到達車站後，自有專車接送到校內。

所以大家也就不客氣了，或機車或公車的抵達，再讓對方接送；而身為富二代的夏玄允原本就有車子，因此他們四個人搭乘一部，直接抵達S大的「都市傳說社」。

「哇……」車子停妥，他們四個就已經目瞪口呆了，「這會不會太誇張……」

林淮喆還眞是沒吹牛，這個「都市傳說社」的春訓中心未免太豪華了，這哪是活動中心啊，這是莊園吧！

眼前是棟電影上才看得見的兩層樓木造房子，洛可可風格，三角型外觀，雖然只有兩層樓，可看得出佔地甚廣；而且前頭還有廣場、花園，最外圍是用灌木叢圍起的區塊，上頭還綻放著花朵，庭園其他地方都座落著樹木，這根本是宮殿後花園吧！

「天哪！這多大啊？」郭岳洋下車看著，不可思議，「好漂亮喔！」

眞扯！馮千靜甩上車門，看著美輪美奐的建築物，這敢情是來度假，不像在春訓啊！每個窗台上還種有小盆栽，用鮮美花朵裝飾，跟她想像的活動中心眞的大相逕庭！

「果然有錢……這是一種炫富嗎？」毛穎德搖著頭，「學校居然也讓他們蓋這樣的別墅當活動中心。」

「都是木造的，建得快拆得也快吧？」夏玄允語調很飛揚，「我們眞的就住在這裡嗎？這眞的太美了！」

「很棒吧！」左邊來了一行人，得意非凡的朝著他們走來，爲首的自然是S大的「都市傳說社」社長林淮喆，「夏玄允，歡迎！你們好早到喔！」

「我們自己開車來的啊！」夏玄允禮貌的上前與之握手，「叫我夏天就好了啦，叫名字好彆扭喔！」

「好，夏天！」林淮喆向後面其他人頷首，「郭岳洋我見過了，另外是……」

「我們是室友，也是社員，這個是我從小一起長大的好友，毛穎德！」夏玄允熱情的介紹，馮千靜不明白這份熱情怎麼來的，「這位是馮千靜。」

男孩子目光在馮千靜身上停留幾秒，幾個不禮貌的當面開始交頭接耳，訕笑聲即刻迸出，毛穎德連猜都不必猜，就知道他們一定在數落馮千靜的外表或是邋遢。

一頭即肩短髮雜亂，毛髮亂翹，黑框大眼鏡看起來一點時尚感都沒有，瀏海幾乎遮到眼睛，頭垂得很低，身上的外套跟褲子寬鬆得活像家裡睡衣，唯一比較可以瞧的大概就是她腳上那雙運動鞋，是有牌子的。

頭總是低垂，被介紹時勉強擠出笑容，怯生生的躲到毛穎德身後，任誰看了都覺得是個害羞內向不善與人交際的邋遢女。

嗯，看著他們的訕笑，郭岳洋就覺得他的偶像不只可以打格鬥，演技也好棒，這表示她偽裝得超成功啊！

對方倒是有兩個女生相當出眾，一個是簡單的側馬尾、另一個是紫藍挑染，兩個都精心打扮過，說穿得很隨興，不過長睫毛、放大片幾乎是現在女生必備的妝點工具了。

馬尾的那個看上去冰冷，挑染的女孩看上去明豔，不過物以類聚，都跟林淮喆一樣有種傲然氣質。

所以她們也是打量著馮千靜最厲害的人，她們就是不希望人家覺得「都市傳說社」的人都是怪咖，對形象可注重了。

「我先簡單介紹一下，我們幾個都是創社的幹部。」林淮喆一一介紹，「這個是大柴，郭岳洋應該很熟，活動就是跟他喬的；綁馬尾的女生是吳雯茜，她負責紀錄；挑染是唐家瑜，她是公關；再後面那個瘦瘦的男生叫陳睿彥，其他瑣事幾乎都交給他！」

彼此相互打招呼，這也算是兩社幹部的第一次正式介紹。

「所以……」吳雯茜看著唯一的女生，「妳在社團裡是做什麼的？」

馮千靜頭垂得更低了，整個人完全躲到毛穎德身後去，奇怪咧，她做什麼關她屁事啊！她指尖戳了毛穎德的背，快點幫忙啦！

「她其實是……幽靈社員。」毛穎德一時之間也只想得到這個詞，「但因為住在一起，所以也邀她一起來。」

郭岳洋有些慌張的看向毛穎德，啊他這樣解釋，等到「都市傳說逃亡教學時間」時，小靜要用什麼身分主講咧？

眼尾瞄向他身後的馮千靜，她一臉不爽不願意出聲的模樣，讓郭岳洋把到口的話硬給吞進去了……夏玄允狐疑的回頭看著他們的神色，喔喔，小靜不開心囉！

「其實主要是我們兩個啦，毛……毛穎德也不是很愛都市傳說，他討厭所有怪談啦、靈異故事之類的東西！」夏玄允趕緊打圓場，「我們眞正的幹部還沒到啦，他們邊騎車邊玩比較慢，有幾個可能幹了，我們遇過這麼多次都市傳說，好多次都靠他們從旁協助呢！」

「哦？」林淮喆倒是覺得奇怪，因爲毛穎德給他的感覺不像是那種沒什麼作用的人。

「他們來了！」大柴看著LINE，同時不遠處一台公車眞的轉了過來。

「公車！」郭岳洋可驚奇，「你們還包公車喔？」

「那是學校的接駁車，我們情商司機幫忙，畢竟這是正式申請的活動！」陳睿彥微笑著，眼神相當理智，果然是總務。

不一會兒，「都市傳說社」的社員們下車，這次很捧場的來了二十幾名，每一個人下車後都是呈現瞠目結舌的模樣，因爲這屋子、這庭園，整個都太誇張了！

原本想來互嗆的林詩倪他們隨後抵達，一句話都說不出來。

「這太誇張了吧！」林詩倪忍不住咕噥，「這簡直是渡假莊園，什麼活動中心！」

「還都市傳說社專屬的嗎？」阿杰整個傻掉。

「有錢果然就是不一樣……」大頭搖了搖頭，「我說眞的，這種事不必爭，我們就一起玩得愉快就好。」

「對對對！」瘦竹竿拼命點頭，好想知道裡面是不是跟外面一樣驚喜呢？

一行人經過灌木叢隔出的門，踏入庭院中，毛穎德看著奼紫嫣紅，百花盛開，有幾棵櫻花還殘開著幾朵淡粉，雖然櫻樹不多，但是還是很迷人。

S大其他的社員早就在外面等待了，有男有女，跟主幹部加起來才十來人左右，人數是少了些，但是光地主的氣勢就大得太多了。

「總共差不多近四十人，一樓好像差不多夠了吼？」吳雯茜正在算著人頭。

「沒有，一樓有客廳跟餐廳及公共空間，總共才三十間，所以剩下的人還是要住到二樓去。」陳睿彥精準的說著數字，「房間夠多，我們一人住一間好了。」

「一人一間！」所有人莫不興奮雀躍，阿杰拉了拉林詩倪，他們是情人，當然要睡一間啊。

「歡迎大家來到S大的都市傳說社訓中心，這棟就是我們精心打造的宿舍！」公關唐家瑜開始發揮所長，「我們的屋子佔地兩百坪，一樓有三十間房間、二樓有五十一間房間。」

八十一間！哇塞，這是旅館等級了吧？這間社團未來可以出租房間做生意了吧！

「我身後的當然就是正門囉，後門位在屋子東邊角落……就是你們現在面對屋子，左上角的地方，那兒有個廚房，廚房旁就是後門。」唐家瑜笑起來很甜美，難怪是公關，「現在，就請大家跟我來囉！」

她旋身，踩上那大概有十階的木製階梯，推開了厚重的木雕大門。

「哇……」連毛穎德也忍不住讚嘆，這眞的太離譜了！

玄關極爲寬敞，完全就是爲了應付這麼多人同時進來創造的空間，玄關就比他的房間還大好嗎！門邊有兩座大鞋櫃，可以置放幾十雙鞋子不是問題，同時下頭還有編號，可以記住自己的鞋子放在哪兒；鞋櫃裡已經擺放拖鞋，所以全體學生開始換鞋。

這時陳睿彥走到大門旁的櫃檯裡去，是，就跟飯店一樣有櫃檯，他走進去準備，金屬碰撞聲不止，是在準備鑰匙。

站在玄關處，正前方偏左一點點，就是往二樓的弧型樓梯，而他們要走過面前的走廊，才是客廳跟其他房間的區塊。

樓梯也是打造得華麗，扶把上雕刻精美，上面還放鮮花。

就算耀武揚威也都無所謂了，所有人只要想到兩天一夜可以睡這裡，就覺得得太讚了。

「換好鞋子後請跟我來，我們通過這條長廊後，就到客廳囉。」唐家瑜走在最前頭輕快的說，「這兒就是我們的集合點！」

穿過一道對開大門，豁然開朗，這是最少二十坪以上的空間，不管是有背的沙發椅或是圓形沙發椅錯落著，全是紫金交錯的設計，紫色絨布與金色繡線，小桌子也處處皆是，而且左邊一整面牆都是書、桌遊，根本不怕無聊。

而扣掉左邊這面牆外，其餘兩面全部都是頂天立地落地窗。

馮千靜仔細想著，剛剛從外面瞧，這棟屋子四面每個角落的確都是落地窗，採光充足，而且可以看見外面的庭園，落地窗的窗簾也是紫色布幔，感覺相當雅致啊！

「這間成本眞重。」林詩倪忍不住讚嘆，因爲連壁貼、窗框都是設計過的。

「那當然，要用就要用最好的。」吳雯茜得意的昂起頭，「這可是請專人設計的，由我家一手打造。」

喔，建築業千金是吧！瞭解瞭解。

「所以我們說要集合時，請大家都到這裡來。」唐家瑜再三強調，「除非是說戶外集合，那就是在剛剛樓梯下的空地廣場。」

眾人紛紛點頭，一心期待著房間。

陳睿彥抱著沉重的盒子走上前，將盒子擱在就近的小圓桌上，「房間我們亂數排，大家要更換再跟我們說，爲了有效率，我想請夏天也幫忙。」

「沒問題！」夏玄允用力點頭，然後把郭岳洋推出去。

唉，毛穎德有時看著郭岳洋，會覺得他有些可憐。

「請大家盡可能五到六人一組，派一個代表來塡寫名字跟房號，以及你們要幾人一房。」陳睿彥將紙張交給郭岳洋，「這邊一盒是一樓、一盒是二樓，就用抽的吧，大家選好要幾樓就好。」

馮千靜立刻看向毛穎德，兩個人毫不猶豫即刻上前幫忙——一樓。

「夏天，我們住一樓，你們住二樓好了。」毛穎德直接跟夏玄允說，「兩層樓都該有我們的人。」

「你們要住一樓喔？」夏玄允猶豫了會兒，「好，那一樓就你們兩個，我去跟林詩倪他們商量，至少每一個區塊要有幹部。」

「他們難得小倆口一起出來玩，你找大頭他們啦！」毛穎德貼心的爲阿杰打算。

夏玄允有些反常，不像平常的嘻皮笑臉，反而是若有所思的看著毛穎德，再往後瞥了繼續裝內向自閉的馮千靜。

「那你們……」

「嗯？我們？」毛穎德跟著回頭，「我們就住一樓啊，希望是靠近樓梯的房間。」

「要……幾間房？」夏玄允問得有點戰戰兢兢。

毛穎德一怔，頓時倒抽一口氣，使勁推了他一把，「你神經病！當然一人一間啊！」

他嘖了一聲，主動上前到郭岳洋身邊，說要協助幫忙，然後準備登記房號。

馮千靜這時已經繞出去了，在進入客廳這扇門前，左右兩邊都有通道，她兩邊都去走了幾步，挑選兩間就近的房間。

回身走回客廳，疾步走到毛穎德身邊，率先寫下了房號跟名字。101與102，正是頭兩間，互為對面，而這兩間就位在樓梯底下，站在房門口就可以看到客廳大門門框，離樓梯、大門都近。

分工合作讓速度快上許多，每個人都抽到房間，接著再由各學校的幹部跟著去查看，是否有人想要換房。

大家幾乎都不想住一樓，所以二樓的人就多了，一樓最後只剩下林淮喆、陳睿彥兩個幹部，其他都往二樓去。

「一樓房間數看來較少啊！」毛穎德走出客廳門口，看向左右兩邊廊道，「似乎只有三十間。」

「二樓比較多是正常的，畢竟一樓有公共空間使用掉了。」四下無人，馮千靜總算開金口，「走進大門，正前方就是客廳對開門，然後……」

她轉身變成面對著毛穎德，打平雙臂，搖搖右手，「我右手邊是101到115，左手邊的走廊就是116到130，剩下的都在二樓了。」

毛穎德跟著計算了一下，「樓上有五十一間啊！」

「嗯！走吧！我選了頭兩間。」她頭一甩，直接穿過樓梯下方往房間去，樓梯下這其實有不小的空間，若在一般家庭會在這裡設櫃子的！

毛穎德看向玄關旁，櫃檯後落地窗外的櫻樹，這裡眞是幽雅嫻靜得迷人，「我還挺喜歡這裡的。」

「誰不喜歡啊！這比旅館還高級。」連馮千靜都讚嘆起來，「你說回去之後，夏天會不會也要輸人不輸陣的搞一間這個？」

「那也要有地讓他蓋！」毛穎德忍不住笑了起來。

走進走廊後沒五步，就是彼此的房間了，他們拿起沉重的鑰匙……是非常重，是銅做的古典型鑰匙，橢圓形亮面，上頭是黑色陰刻房號，復古得太徹底。

「一樣接近樓梯，爲什麼不選另一邊的116跟117？」兩個人背對背的在開門。

「因爲樓梯卡著，具防禦效果。」她打開門鎖，回眸，「明知故問。」

毛穎德搖了搖頭，跟著拉開他的房門，「我們是來春訓，不是來比賽的。」

馮千靜聳了聳肩，伸手打開燈。

如果外面與客廳的設計令人讚賞的話，那房間就要讓人掉下下巴了，馮千靜站在門口，簡直不敢相信親眼所見。

這是外國哪個宮殿房間吧！完全歐風設計，壁紙還有花紋，床還有蕾絲簾子，蕾絲沙發、木質梳妝台，完全歐洲風，而且比她房間還大！

101

「喂，毛穎德！你來看！」她扔下背包，旋身往毛穎德房間去。

這一去又愣住了，毛穎德的101號房跟歐洲沒有關係，是一種簡約質樸風格，木紋地與牆壁，簡單的書桌與四方床，帶著濃濃的十九世紀風情。

「怎麼？」他覺得這模樣簡單，很是喜歡。

「你來看我房間！」她直接把門往後壓，讓他回頭就能看見。

毛穎德剛掛好外套，一回身就見到華麗宮廷裝潢，緊接著樓上嘈雜起來，都是此起彼落的驚呼聲。

「我看林淮喆他們頭會抬得更高了。」他笑了起來。

「就讓他們得意吧！他們是該得意，這太屌了！」馮千靜看來很喜歡她的房間，「我等等要來自拍幾張！」

「先上去幫忙吧，等等有的是時間。」他指指樓上的混亂，「還可以去參觀一下！」

她笑著點頭，想到每間房間不同風格，就覺得超興奮。

兩個人分別回身抓了手機出來，好好的關上房門。

「毛——毛——」樓上果然傳來了呼叫聲，「馮、同——學！你們快點來看！」

他們無奈的笑著，旋身往外走去，結果在走到樓梯下方時，對面走廊站著一臉得意的林淮喆。

「嗨。」毛穎德倒是大方，「我終於知道你們爲什麼會這麼自豪了！」

林淮喆笑得更深了，光聽見那些驚呼聲，就覺得值得。

「喜歡嗎？」陳睿彥在後面問著。

「很喜歡，非常別緻。」毛穎德點頭，「這心思可不簡單，一間一種風格，還有裡面所有的物品……」

「我們當初也沒想到會這麼精細，而且設計師是個大我們沒多少歲的人。」林淮喆回頭，「睿彥，他幾歲啊？」

「三十幾而已，是混血兒，中文說得很好，研究古典建築設計，才能創造出這麼好的風格！」陳睿彥相當得意，比林淮喆多出幾分，「當初採納他的設計時，本來很多人反對呢！」

「好啦好啦！超棒的好嗎！」林淮喆趕緊說著，「大柴後來不也沒說話了！」

哦，原來陳睿彥是設計採用者啊，難怪一副「是我眼光好」的模樣。

「毛——毛——」樓上又在召喚了。

「那我們先上樓了。」毛穎德緊握雙拳，混帳東西，在這麼多人面前叫他毛毛！

轉身繞出樓梯下方，往玄關走去，再踏上樓梯，只是走了兩步，毛穎德突然停下腳步。

「嗯？」身後看著地板走路的馮千靜差點撞上他，狐疑的抬首。

毛穎德握著扶欄，站在約莫三階高的地方，回首。

「怎麼？」馮千靜低聲問著，跟著回頭。

回頭就只看見鞋櫃跟櫃檯，啊然後呢？

「奇怪了……」毛穎德邊喃喃自語，一邊貼上扶把，探身往櫃檯後面看。

「怪什麼？」馮千靜踩上兩階，跟著探頭，「櫃檯？鞋櫃？」

「樹不見了。」他詫異的指著櫃檯後的落地窗，「那邊有棵櫻花樹的，樹不見了。」

馮千靜愣了幾秒，認眞的再往櫃檯後的窗子看，那裡沒有任何樹。

「你是不是看錯了？別鬧喔！」她低語，有點凝重，因爲毛穎德的第六感有點討人厭的準。

「我應該……嘖，我也不確定。」他反而歪了頭，「也可能是角度問題，我只是記得剛剛好像從落地窗外看見粉色的櫻花……」

「好、像?」她深呼吸。

「毛毛!毛毛!」噠噠的腳步聲往這邊跑來了,果然從走廊裡衝出夏玄允,「毛毛,小——馮同學!你們好慢喔!」

「你再叫我一次毛毛試試看!」毛穎德擰起眉,三步併作兩步奔上去,「我叫毛穎德!毛穎德!」

「好啦隨便!」夏玄允逕自衝下來,纏著他們,「快來看我房間,超屌的啦!」

「知道知道啦……」

「小靜我跟妳說——啊!」一陣慘叫,夏玄允抱著自己的脛骨跳啊跳,「我的腳啦!」

第二章 消失的房間

晚餐讓氣氛變得熱絡起來，廚房在客廳底端的裡間，也就是後門的地方，餐廳也相當寬敞，每桌四人，總共擺了十桌。

餐點由大家分工合作，食材早已備妥，各組分頭進行煮飯，雖然手忙腳亂，但這的確是增加熟悉度的最佳方式；再加上備有調酒，三巡之後酒酣耳熱，整個HIGH起來，有人開始起鬨，所以夏玄允跟郭岳洋立刻唱作俱佳的開始分享他們的「都市傳說經歷」。

所有人聽得是瞠目結舌，從一個人的捉迷藏開始，現在才剛講到紅衣小女孩。

馮千靜一點都不希望被注意到，夏玄允也很巧妙的不太著墨於她，她發現毛穎德一整晚都心不在焉，吃飽人又不知道溜到哪裡去了，便出來找人。

結果，一走出客廳就看見他站在櫃檯前，盯著窗外看。

「你又在看什麼？那棵櫻花這麼稀奇？」她悄聲走去。

「嗯？」毛穎德微側首，看著走近的她，「不是，我覺得我不會認錯，我下午本來以爲是角度問題，但現在一看……」

馮千靜跟著往落地窗外看，雖是晚上，但是庭園都有打燈，這角度望出去，並沒有樹，一棵都沒有。

「你會不會記錯扇了？」馮千靜問著，「我們應該是來休閒的……」她話語裡沉重得多，毛穎德這麼認真，感覺像是要出事似的……她就是不希望再出事啊！

「要不問問林淮喆，會不會有園丁來把樹移走了？」馮千靜試圖再找破解，

「不會。」斬釘截鐵，讓馮千靜心又涼了半截。

不想過得膽戰心驚。

毛穎德一怔，終於認真的看向她，「這有道理。」

在他們在裡面忙時，說不定有人把樹移走了啊！他何必在這裡執著呢！

砰！突然落地窗外出現一張臉，嚇得馮千靜失聲尖叫，「哇——幹什麼！」

一個女孩的臉貼在落地窗上，還伴隨著激動的拍打音。

毛穎德趕緊抵住向後跳的她，人嚇人會嚇死人的！不能按門鈴嗎？

後頭傳來急促的腳步聲，「怎麼回事？」

唐家瑜急忙走了出來，一瞄見落地窗外死命拍玻璃的女孩，立刻翻白眼，

「又來！」

「怎麼了？」陳睿彥跟著步出，聲響太大了。

「晴學姐。」唐家瑜沒好氣的指著窗外，「我去安撫大家，你負責把她弄走，

別掃興。」

陳睿彥點點頭，唐家瑜立即旋身往門口走去，還請毛穎德他們也回客廳去，那眼神帶著嚴肅；毛穎德想是他們有家事要處理，也就跟著馮千靜一起旋身，返回客廳。

在走廊上遇到急忙走出的吳雯茜，神色有點慌張。

馮千靜轉了轉眼珠，在進客廳前，突然將毛穎德往樓梯底下拉，迅速回到自己房間的長廊，這兒是個完美的掩飾地點；瞧，吳雯茜正回頭看他們是不是走遠了，這角度當然瞧不見他們。

兩個人雙雙開門，以迅雷不及掩耳的速度閃出去，「喂！妳在鬧什麼？我們在集訓耶！」

「你們還敢在這裡！我說過了！有人不見了！」女孩哭喊著，試圖朝裡面大聲，「這屋子有問題！你們快點離開，它會吃人！」

吃人？馮千靜微蹙了眉，這說法相當新鮮。

「學姐，不要鬧……」陳睿彥一路把女孩推離外頭，「妳要吃藥！都說過那都是妳幻覺了，妳為什麼說不聽！」

「我才不是幻覺！她不見了，廁所一開始不是在那裡的，卻在別的地方出現……這房子眞的有問題！」女孩尖吼著。

「是妳腦子有問題……唉，妳要鬧到什麼時候？我們的啓用也因爲妳拖延好久，醫生都說妳是妄想症了，警察也來找過了，就沒有靜雯學姐啊！」吳雯茜不耐煩的說著，「她如果眞的在這裡，怎麼可能找不到！」

「那是因爲廁所不見了！」女孩上前抓住吳雯茜的衣服，「我沒有發瘋，我說的是眞的，那是我親眼所見，眞的……」

陳睿彥已經繞到一旁，看起來是在打手機給某人，應該是要處理這位學姊的事。

「這裡有出過事啊？」馮千靜嘴型問著。

「我就覺得怪。」毛穎德眉心緊蹙，「我覺得我們現在走才是。」

「你去跟夏玄允說說？」馮千靜有些無奈，「要大家離開，得找個好理由……」

否則這棟房子如此舒適美麗，誰都捨不得走。

他們站在走廊口，可以看見外頭車燈亮起，看來是有人來把學姐帶走了，另一頭聽見客廳裡的激動說書，夏玄允正提到他們從路邊摔下邊坡時，發現屍體的那一刻。

「有都市傳說跟房子有關係嗎？」馮千靜突然轉頭問向毛穎德。

噢！毛穎德隻手立刻擊上前額，「拜託不要又是都市傳說！」

喀。林淮喆走出客廳站在門口，朝右一看，就看見躲在廊口的他們，以不悅及懷疑的眼神瞅著他們，再正首看向前方從外頭進來的陳睿彥及吳雯茜。

「你們在這裡幹什麼？」他朝他們邁向一步，聲音壓得很低，看來也不是很想被裡頭聽見。

吳雯茜跟陳睿彥留意到他的動靜，趕緊走來，一瞧見毛穎德二人忍不住倒抽一口氣，「喂，你們躲在這裡偷聽嗎？」

「別急著質疑我們，應該由我們質疑你們在隱瞞什麼吧？」毛穎德決定先聲奪人，「什麼叫有人失蹤，屋子會吃人？」

吳雯茜顯得相當訝異，這兩個人眞的聽到了！她瞄向陳睿彥的眼神很尷尬，「那個學姐精神有問題，已經鑑定出有妄想症了，她說的話不可靠。」

「我可不這麼認爲，她說得信誓旦旦，反而是你們感覺比較緊張……」馮千靜開了口，「連警察都來過了！」

林淮喆有點訝異的看向馮千靜，這是他一整天第一次聽見這個宅女說話，一開口卻跟外表害羞怯懦大相逕庭。

「她確實是有妄想症，一直說她同學失蹤，那天搞得很亂，連警察都來找過……但是沒有人。」陳睿彥條理分明的說著，「因爲她的胡鬧已經造成我們不小的困擾，我們也不希望你們再受到影響。」

「確定是胡鬧嗎？」毛穎德微皺眉，「那她聲稱失蹤的那個同學人呢？」

這話問到刀口上了，幾個人交換著眼神，看起來不甚情願，「失蹤了。」

哇喔，還眞失蹤了！這樣能說她胡鬧!?

客廳裡傳來腳步聲，有人小跑步出來，一出來在門口就看見這嚴肅的氣氛，有點被嚇到。

「社長……」是S大的社員，「這裡是……」

「沒什麼，我們剛好在聊天呢！」吳雯茜瞇起眼笑著，「怎麼了？怪談告一段落？」

怪談？馮千靜聽出語調裡分明的輕視。

「超可怕的，紅衣小女孩耶！」社員邊說邊打了個寒顫，「要是我騎車看見後面有人在追就嚇死了，別說是紅衣小女孩了！」

「呵，還眞信啊！」林淮喆笑了起來，「你們社長很有說故事的能力呢！」

「那是因爲他說的都是眞的。」毛穎德挑了眉，「每一樣經歷我們都遇過。」

林淮喆挑了嘴角，看上去有些嗤之以鼻，看起來是不相信。

「可樂，你要幹嘛？」陳睿彥問著急匆匆往二樓去的社員。

「噢，大家要玩桌遊，我上去搬我的下來。」可樂是負責帶桌遊的人，他可有一大落，行李箱最大的也是他。

聽著他三步併作兩步的往上跑，樓梯底下再度恢復緊繃。

「你不相信我們遇到過？還是不信有都市傳說？」毛穎德顯得不悅，「不相信的人創什麼社啊！」

「我相信有『都市傳說』啊，但我不信你們真的遇到過！」林淮喆哼了一聲，「拜託，社團裡寫得天花亂墜，跟真的一樣……這是傳說，傳說有這麼好遇的嗎？」

「就你這樣，我想應該沒遇過吧？」馮千靜懶洋洋的開口，「真幸福的傢伙。」

沒事她也不想遇上好嗎！馮千靜背抵著牆，露出一臉無奈，無奈中甚至帶著幾絲不屑之態。

陳睿彥觀察著馮千靜，怎麼這個女生好像跟剛來時不太一樣了耶！

「你們不覺得編得太扯嗎？」吳雯茜輕聲說著，「你們遇過好多次了耶，哪有這麼密集的？」

「我也超想知道答案的。」毛穎德異常誠懇，「不過有的倒不是我們碰上，只是剛好身邊的人遇到……我只能說，別忘了都市傳說的本質。」

「本質？」陳睿彥皺眉。

「沒有起源、沒有原因、沒有破解法。」馮千靜眼鏡下的雙眸閃過一絲銳利，「你們只顧著覺得我們在扯謊，有眞的去查過相同時間，在我們學校發生的失蹤或是死亡事件嗎？」

咦？林淮喆一怔，圓著雙眼看向馮千靜，他們的確沒有這麼做，因爲打從一開始就不認爲他們說的是眞的了。

看他們這麼煞有其事，難道……

「可樂！」又有聲音傳來，「你是……」

走出的是可樂的室友，他也被在門邊的人們嚇得一愣一愣的，尷尬的頷首打聲招呼，漫步到樓梯下方往上喊。

「可——樂——」他扯開嗓門，「很久耶！」

嗯？是啊，拿個東西好像也挺久的，而且上去之後都沒有再聽見什麼聲響。

客廳裡嘈雜一團，有人從裡頭繞出來，大家開始四處閒晃，「桌遊也太慢了吧！」

「還是讓夏天再說一個，下一個是樓下的男人耶！」

「你說是眞的還是假的？」

「拜託！當然是眞的！我就親身經歷過紅衣小女孩的事好嗎！」林詩倪的說話聲隱約傳來。

唉，陳睿彥朝向南瓜，「南瓜，你上去看看啦，是不是需要幫忙。」

「ＯＫ！」室友南瓜立刻往樓梯上奔去。

砰砰砰，每一腳踩在鋪設的地毯樓梯上，就有些東西唰啦啦的自樓梯邊落了下來。

沙沙……毛穎德倏地挺直背脊，聽著碎石沙沙落地音，雞皮疙瘩全數站起。

不會……他僵硬著身子，馮千靜明顯察覺他的不自然，伸手握住他的手腕，又怎麼了？只見毛穎德轉過身子，謹愼的繞出樓梯底下，那模樣表情之緊繃，讓林淮喆等人都屛氣凝神。

陳睿彥向旁退開一步，好讓他走近，毛穎德站在看得見樓梯的地方，看著男孩上樓，而每一層樓梯上都因爲他的步伐，灑下了一顆又一顆……黑得發亮的碎石。

如黑曜石般的光芒，細微無比，但卻紮實的落了一地——「唔！」

左肩突然一陣刺痛，他措手不及的以手撫肩，整個人蹲了下去。

「毛穎德！」馮千靜即刻上前，雙手護著他雙肩，「又怎麼了？」

他什麼都不必說，光這模樣馮千靜就猜到八分了！她厭惡的深吸了一口氣，向右後抬首看向林淮喆等人。

「你們最好親切的問問那個學姐，之前發生什麼事。」她眼神清明，再厚的瀏海也藏不住銳利。

「什麼意思？」陳睿彥已經確定這女孩是裝模作樣了。

「只怕，都市傳說已經上門了。」

室友南瓜不管怎麼敲門，鎖上的房門就是沒有回應，他當然不能用踹門這招，損壞物品可是要賠償的！

「沒人接啊！」其他人也打手機給可樂，「直接進語音信箱了。」

所有人都發現事情有異了，夏玄允好奇的跑出來。

「剛剛不是還好好的嗎？」看他上樓的林淮喆覺得奇怪，「他上去前你們有吵架嗎？」

「沒有啊！」南瓜一臉無辜，「我們聽完夏天說紅衣小女孩的事，大家都覺得超毛的，所以決定暫停，先玩遊戲！」

夏玄允頻點頭，「所以現在是……去拿遊戲的人呢？」

「在房裡把自己反鎖又沒接手機。」陳睿彥簡短一句話帶過，「我拿備用鑰匙給你就好，不必太緊張。」

他走進櫃檯裡，下面應該是放了保險箱之類的，就見陳睿彥蹲下身子幾秒後，開口問房號。

「我是242！」南瓜急匆匆的到櫃檯邊去，「你說可樂在鬧什麼啊？剛剛都好好的！」

「直接問就知道了。」陳睿彥找到備用鑰匙，直接放上櫃檯，「這把用完得還我！」

「收到！」南瓜一抄鑰匙，立刻回身往樓上衝去。

然後夏玄允也興沖沖的跟著往上走，郭岳洋尾隨在後，怎麼老這麼愛看熱鬧！毛穎德回到自己房外的走廊上，他的左肩隱隱作痛，數次握拳又張開，顯得相當沒力。

「上次在老師家也是這樣，我覺得這個痛不尋常。」毛穎德低聲對眼前的馮千靜唸著，「傷口早就全好了，平常也沒什麼問題……但是會這樣突然刺痛，簡直像是一種預兆。」

「怎麼聽都覺得不是好預兆。」馮千靜正輕柔的爲他揉著左肩頭，「這樣還是痛嗎？」

毛穎德點點頭，手壓在她的手上，要她停下動作，「不！別忙了，那痛是從骨頭裡鑽出來的，妳這樣推拿也搔不到癢處。」

馮千靜盯著自己被壓住的手，望著其下的肩膀，忍不住皺眉，「聖誕老人，究竟給了你什麼禮物啊？」

毛穎德聞言，也有種突然恍然大悟的錯覺，「這傷明明是我主動去劃的，妳覺得是……都市傳說留給我的禮物？」

馮千靜點點頭，這種話由她說出來很怪，感覺是夏天他們才會說的，但她就是覺得毛穎德的肩傷太詭異。

只是被利斧輕輕劃傷，皮肉傷的傷口，何以會有從骨子裡疼出來的痛!?

「……陳睿彥！」郭岳洋的聲音從二樓傳來，伴隨著跑步聲，「鑰匙是不是拿錯了啊？」

「嗄？」還在櫃檯裡的陳睿彥錯愕抬首，「拿錯？他們不是242嗎？」

他再度蹲下身去，檢查鑰匙串。

「可是打不開啊！鑰匙插得進去但轉不開，你看一下！」郭岳洋來到樓梯口喊著。

打不開……一再的阻礙，加上從樓梯上滿溢出來的黑色結晶體，都已經告訴毛穎德……這裡有都市傳說。

「上去看看？」馮千靜瞧得出他的心思。

毛穎德點點頭，兩個人立即行動，走出樓梯底下，再繞上樓梯；他們的行動讓林淮喆覺得奇怪，爲什麼那個「都市傳說社」的人都上樓了？

「馮千靜？」林詩倪也在玄關的走廊上湊熱鬧，「怎麼了嗎？」

「沒事，你們待在樓下。」毛穎德代爲回答，馮千靜巧妙的繞到他左邊，不想跟下頭的其他人交會眼神。

林詩倪皺眉，她覺得怪怪的，「你有沒有覺得奇怪？」

「連他們兩個都上去了，感覺不太正常。」阿杰深表贊同，一旁的唐家瑜跟吳雯茜不由得圓了雙眼。

這是哪門子的氛圍啊？爲什麼A大的「都市傳說社」這麼緊繃？弄得好像這

裡……也有都市傳說似的？

242需要走一段路，在一個小道後，看見夏玄允正拿著鑰匙死命的轉動門把。

「鑰匙沒錯啊！」毛穎德後面突然傳來陳睿彥的聲音，他也跟上來了，「你們會不會開門？」

「這就普通的鎖，哪有什麼技巧啦！」南瓜可急了，一邊敲著門，「可樂！你到底在幹嘛？」

「鎖有被動手腳嗎？」毛穎德問著。

夏玄允正蹲下身子，努力的開鎖，「沒有，鎖很正常，鑰匙放得進去但就是不對。」

毛穎德跟馮千靜分站兩邊先讓給陳睿彥一條路，他直接往前接過夏玄允手上的鑰匙，緊拉住鎖頭，用力把鑰匙插入……轉、轉不動！

「不可能啊！」陳睿彥把鑰匙拔出，看著上頭繫的牌子，「這就是242房的備用鑰匙，一間房兩把鑰匙，這鑰匙圈這麼重也不可能搞錯。」

更別說屋子還是新蓋的，鑰匙也都全新，242幾個字不可能有任何磨損。

幾個人站在門前，明明有鑰匙卻不得其門而入。

馮千靜看著長而未有盡頭的走廊，他們在外面這麼大陣仗，房內卻一點聲音都沒有，聽起來像是根本沒人在，或是出事失去意識了。

「可以從隔壁爬過去嗎？」毛穎德突然望著馮千靜的身後。

咦？馮千靜立刻回頭看著自己身後的門，這是241，每一間房都有陽台，「這說不定行得通！」

「陽台嗎？」陳睿彥仔細盤算著，「陽台之間是有點距離，但不算遠，而且外牆是磚砌，都有踩腳處！」

這方法的確可行！

「那好！」毛穎德立刻往前幾步，「麻煩240的人上來開門，我從陽台爬過去，以防萬一我還需要繩索，然後我……」

「我爬吧。」馮千靜直接打斷他的話，左手廢的人爬什麼東西！「陽台距離有多遠？我倒不一定需要繩索，這才二樓。」

陳睿彥詫異的看向馮千靜，她連說話口吻都不同了耶！

「妳……我讓大柴爬吧！」陳睿彥直接拒絕，「我想……」

「等等！」毛穎德突然喚住了要下樓找人開門的陳睿彥，「你們有沒有搞錯啊？」

「嗯？」所有人莫不困惑的看向毛穎德。

只見他把夏玄允拉開，再把郭岳洋支到一邊，忍不住用指節敲著門板上方，「拿242的鑰匙開244的門，怎麼可能開得了！」

「什麼？」南瓜跳了起來，趕緊往前瞧，再瞬間回頭，「不可能啊！我怎麼會搞錯自己房間啦，我們對面是243啊！」

他指著背對著的房間，的確是243。

「你認房間認對面的喔？」郭岳洋拍拍他，「沒關係啦，我們趕快再開就好了！」

「不是……」南瓜還想解釋，陳睿彥已經搖頭加嘆氣的走近馮千靜。

她不見喜色，而是站在門口，看著右手邊一大掛人。

「那誰來跟我解釋，這間如果是240，隔壁爲什麼會是244？」她左手指向門板上的房號，橢圓牌子上還有玫瑰花繪圖，中間用藝術字體刻寫著「240」。

陳睿彥當場驚訝的看著她手指的房號，再瞬而向右看向剛剛大家努力開啓的房間——對啊，前一分鐘還在討論從240爬到242，但是卻被毛穎德發現打不開的房門是244！

「哇塞！」夏玄允果然來回兩間房間跑著，再看向分別對面的房間，「240接下來是244？那順序變成了……40、41、43、44？」

郭岳洋左右來回看著房間，再往後跑了幾間，「後面順序都一樣，可是——」毛穎德即刻往回走去，來到樓梯口就向下大喊：「請問240跟244房間的同學在嗎？請上樓來開房門！」

這一喊，讓下頭的人察覺上頭果然有事，林淮喆即刻跟著往上走，「唐家瑜！」

「知道！」她是公關，這種時候要負責掌控秩序，「我們先到客廳去吧，樓上可能有些狀況要處理！」

「怎麼回事啊？」大家紛紛討論著，「不是就拿個桌遊嗎？連鑰匙都出動了！」

「叫其他人上去開門是爲什麼？有人東西被偷嗎？」有人提出了疑問，這一問就引發騷動了。

「被偷？怎麼會？還有別人在嗎？」

「大家不是鎖門才下來的……」

「冷靜——不是那樣啦！」唐家瑜趕緊出聲，「大家先不要亂猜，等等會跟大家說明，我想只是可樂他們那間房有點問題，跟其他人沒有關係。」

「那爲什麼要其他房間的人上樓？」有人提問了。

林詩倪看著不安的氣氛，回頭幫忙，「不是說門打不開嗎？可以從隔壁房爬過去啊！」

哦……說得也對！大家依然議論紛紛，很多人急著想上樓去看怎麼回事！

「不要亂！」大柴低沉的開口，「只是小事不要亂猜，等等就好了！」

粗獷加人高馬大，大柴分量與中氣都十足。

吳雯茜巧妙的站在客廳門口，一邊守著，一邊留意上頭的行動，因爲這裡可以看見一樓兩邊的房間走廊，也看見櫃檯、大門玄關跟樓梯。

樓上沒有太多聲音，反而樓下變得紛雜。

叩叩！

嗯？吳雯茜驀地抬頭，怎麼回事？她聽見誰敲門了嗎？

叩叩，這次是敲在門上的玻璃上，露出一張有點熟悉的臉……不是剛剛那個學姐，是誰呢？

她往前走去應門，同時也聽見了樓上的開門聲與驚呼聲。

鑰匙剛剛打開了240、244的門，兩間的學生都錯愕得不明白發生什麼狀況。

「怎麼可能……」陳睿彥不可思議的看著眼前敞開的兩道門。

林淮喆緊鎖眉頭，站在門口看著分別進入兩間房的馮千靜與夏玄允，他們倆直接進入陽台，站在陽台上彼此相望，那是不到三十公分的距離，馮千靜直接踩上陽台，巧妙的跨到了夏玄允身旁。

「馮千靜走過來了。」毛穎德站在244門口，看著馮千靜掀開窗簾，從244房的陽台走進房間裡。

「這是妳們的房間嗎？」陳睿彥緊張的問著兩間房的同學，恰好都是女生。女生搞不清楚狀況，還再三往房裡探去，「是、是啊……我的外套還掛在上面？」她指向床旁掛勾上的大衣。

「我的也是啊，我的行李就扔在椅子上啊！」另一間房間的女孩指著一個深紫色的旅行包，也的確擱在椅子上。

這是她們兩個的房間，她們手上握的鑰匙，的確是240與244。

「好了！」馮千靜走出門口，看著站在走廊上數雙眼睛，「現在——242房呢？」

南瓜唰白著一張臉，他的房間、他跟可樂的房間，就這麼憑空消失了！

第三章 活著的屋子

242號房就這麼消失了，歡樂的聚會就此結束，林淮喆請各房間的人回來檢查自己的房間，以確定是否還有其他房間也有異狀，或是誰記錯了房間等等。

結果每個人都是進入自己的房間無誤，沒有錯列、也沒有錯記，那該在240及244之間的房間，就這樣憑空消失了；而且整排房間還因此位移一格，許多人對面的房間跟著更換，像是242不見後，244往前遞補了空位。

「怎麼會有消失這種事？」南瓜抱著頭不可思議，他的朋友、他的東西全都消失了，「我們才從那間離開而已，可樂也才剛進去！」

他失控的喊著，眼淚眼看著都快逼出來。

這詭異的狀況弄得人心惶惶，全體回到客廳集合，大家都覺得不可思議，這不是一塊蛋糕或是一件行李的失蹤，是一整間房間啊！還有……可樂呢？他人在哪裡？

春訓的學生陷入恐懼……當然，總是有例外。

「這是消失的房間吧！」夏玄允再度亮著一雙興奮的眸子，這次還一腳踩上桌子發表。

這是在演講嗎先生……毛穎德跟馮千靜照舊躲在角落，從242房消失開始，夏天跟郭岳洋就一直在竊竊私語，渾身散發出喜悅的光芒——遇上都市傳說的光芒！

「消失的……房間？」吳雯茜嚥了口口水，「什麼？」

「就是啊……」郭岳洋站了起來，才準備發表高論，前頭的陳睿彥即刻伸手打斷他，示意他別說話。

「知名都市傳說之一，傳說中有女孩子帶著生病的母親入住飯店，等她買藥回來後，她的房間鑰匙失效了；後來請飯店櫃檯開門時，竟沒人認得她，最後飯店打開房間時，房間是空的，她的媽媽也消失無蹤，再也沒有出現。」陳睿彥簡直是一字不漏的唸出來的，「你們認為，這是都市傳說？不是也有一說是，女兒買藥期間母親病死恰好被發現，飯店為了聲譽毀屍滅跡？」

現場有幾秒鐘的靜默，緊接著是一種驚懼的漫延，「噫！都市傳說！」尖叫的、跳起來的學生嚇得臉色蒼白，但是很明顯的，跳起來的幾乎都是S大「都市傳說社」的社員，而依然安穩坐在位子上討論著，就是A大的「都市傳說社」。

這就是經驗值的差異吧？

「這好奇怪……真的會是都市傳說嗎？我們這棟、這棟明明是新的還是自己蓋的！」唐家瑜覺得極度不安，她不希望是，但是卻沒有任何答案可以解釋消失的242。

「這就是了！一間房要怎麼消失？這根本不是常人可以辦到的！」郭岳洋終於可以出聲了，「我剛跟夏天討論很久，覺得這都像極了『消失的房間』的都市傳說！」

「天……」有人立刻哭了出來，「我想回去，我現在就想回家！」

「我也是！」所有人一聽，急著就要移動。

「等——等一下！」大柴聲如洪鐘，壓下了慌亂的現場，「冷靜！」

學生們驚恐的看著大柴，再看向林淮喆，「社長！現在怎麼辦？」

「你們想丟下同學嗎？」阿杰忍不住發表，「你們才確定有個同學可能在房間裡一起消失耶！」

「我……可是、可是如果是都市傳說，我們也不知道要怎麼救啊！」女孩子哽咽的說。

「誰會知道，但總得想辦法，不是大家集體逃亡吧？」大頭也覺得這群人很妙，「你們都是都市傳說社的人，應該有所狂熱、有所瞭解，這種情況不是應該要設法瞭解這個都市傳說，然後看能不能把同學找到嗎？」

有八成的人立刻搖頭，呈現出驚恐，還有人直接表明只是因為「都市傳說社」很夯，才想加入看看，怪談當茶餘飯後的話題是很好，但不代表喜歡實際遇上啊！

夏玄允看著又驚又怕又哭泣的學生們，顯得有點無奈，他原本以為找到了同好，有人能跟他們一起分享遇上都市傳說的喜悅呢！唉，他看向郭岳洋，沒想到，還是只有洋洋懂他！

「大家看這邊一下，哈囉！」站在桌上的夏玄允開始發表演說了，「現在急是沒有用的，我們社團的習慣是趕緊找出破解法！把同學找出來才是重點！」

所有人紛紛回身看向夏玄允，也圍了過去，「怎麼找？」

「這個得慢慢找，我也不知道……但是我不想放棄可樂。」雖然不認識，但很不想把他扔在消失的房間裡，「我覺得如果房間會消失，除了自己的房間外，還得清查別的地方！」

林淮喆不太高興的看著出盡鋒頭的夏玄允，這裡是他的「都市傳說社」耶！

「首先，大家進入房間時，盡量不要關門。」郭岳洋踩上椅子，也要高人一小等，「再來，我想請大家分工合作，統計好整棟所有的房間位置、編號——還有，到別間去找找看。」

啊！對啊，這棟房子有八十一間房間，他們只住了三十餘人，還有五十間空房沒有人去尋找！

「好！說不定可樂在其中一間房嗎？」南瓜雙眼熠熠有光，那可是他兄弟啊！

「我們遇上都市傳說時，就是試著用各種方式去找尋解決之道。」夏玄允條理分明的說著，「如果242房只是在原處消失，出現在屋子別的角落，那也沒什麼不好，找得到人再說。」

陳睿彥沉吟著，上前數步，「開著房門的用意是什麼？」

「喔，維持一個敞開空間。」郭岳洋趕緊解釋，「如果把房門關起來，容易變成一個封閉空間，與外界分開，也容易形成另一種空間。」

有人聽了皺眉，吳雯茜搖搖頭，表示不明白。

「當房門關起時，房間裡就是一個單獨的空間，但有可能被拉進別的空間或世界裡。」毛穎德緩緩出聲，「可是如果你房門是開啓的，至少跟外界是連通一氣、共享，若是要陷入其他神祕世界也沒那麼容易。」

所有人視線落上毛穎德身上，聽著反而更加毛骨悚然，「請問……另一個空間是什麼意思？」

「不知道，就是都市傳說的專屬空間吧！」毛穎德懶得解釋，也無從解釋起，

「我們遇過樓下的男人、試衣間的暗門，都是那樣的地方，跟我們生活的地方很像，卻不屬於我們的空間。」

「講得跟眞的一樣。」林淮喆最無法忍受的就是這個，「如果眞有另一個空間，那你們都進去過？又怎麼能出來？」

夏玄允跟郭岳洋不約而同的，看向了毛穎德與他身後的女孩。

「我就是出來了，你怎麼廢話這麼多！」馮千靜帶著不耐煩，「現在消失的房間是事實，是不是都市傳說我們不確定，現在找人比較要緊，還是你要等到更多房間消失，才能佐證眞的是都市傳說？佐證了又怎樣？」

現場一片死寂，不知道是被馮千靜的氣勢嚇到，還是被現在的情況。

此時，吳雯茜的肩頭忽然被人輕拍，她嚇得回首，才想起她忘記一件事了。

「那個……陳睿彥，阿德烈來了！」她低聲呼喚著，陳睿彥聞聲詫異的回頭。

「阿德烈——啊！你怎麼來了？」他喜出望外，「各位，房子的設計師來了！」

咦？夏玄允看著在吳雯茜身邊、尷尬臉紅的男人，一頭紅髮……哇，是歪國人耶！

「設計師在？那不最好！」郭岳洋立刻跳下椅子！

設計師來？這可神了！「設計師怎會這麼剛好來啊？」連毛穎德都忍不住問。

「說不定知道些什麼，總之有他好像便利許多。」馮千靜也起了身，示意到前面去看看。

陳睿彥幾步走向叫阿德烈的外國人，兩人先相互擁抱後，陳睿彥便詢問他為什麼會到這裡來。

「我聽說你們啓用房子了，我想來看看狀況怎麼樣。」阿德烈說了口驚人的好中文，幾乎沒有腔調，「本來想看大家滿意嗎，結果……到底發生什麼事了？」

「欸借過一下！嗨！」夏玄允一股腦兒擠到前面去，「我是夏天，Summer，夏天，您好！」

「你好！」阿德烈愣愣的看著擠到前面的兩個男孩，哇，so cute！「我叫阿德烈！」

「阿德烈，請問你有房子的平面圖嗎？」郭岳洋心急的問，這事刻不容緩啊！「手機裡……」

「噢！」阿德烈顯得很為難，「沒有耶，我沒有存在手機或是雲端，設計圖我不隨便放的！」

「呃，來往信件呢？」林詩倪也插嘴了，「你寄給建築師後，總會有寄件備份？」

「我刪掉了。」阿德烈說得實在，「不過我知道屋子的配置啊！大家放心！都在我腦子裡！」

郭岳洋竟然已經恭敬的遞上筆記本跟筆，讓所有人看得一愣一愣的，這是哪門子的效率啊！

阿德烈接了過去，趕緊找張桌子就開始畫圖，學生們開始討論消失的房間與可樂，南瓜也變成眾多人詢問的對象，到底房間怎麼不見的？

而幹部們，早到大門玄關去開會了……嚴格說起來，是林淮喆堅持要開。

「你們到底是真的會還是假的？」

林淮喆倒是開門見山，一到櫃檯邊就不客氣。

「喂，你很不客氣耶！」阿杰忍無可忍，「我們有經驗值最豐富的人，失蹤的是你們學校的人，我們大可以不管！有本事你們自己去把不見的房間挖出來。」

「挖不出來的啦，我記得傳說中消失的房間都沒有回來過。」夏玄允還在那兒認真的更正，「而且也的確連人一起消失了。」

「天哪！我們居然真的遇到都市傳說了!?」吳雯茜忍不住發抖，「這樣我不敢回房間了！」

「都市傳說是無所不在的嘛！不過我完全沒想到會在這裡遇到呢！」郭岳洋也一臉興奮，雙眼閃閃發光，「兩間學校都市傳說社的聚會場所，就是都市傳說發生地，你們不覺得這簡直太巧妙了嗎！」

……S大學生五雙眼睛看著他，說實在，一點都不覺得！

「我不明白讓你這麼興奮的原因！」大柴不悅的開口，「你們兩個好像對消失的房間感到很開心？」

「那當然！你們不會嗎？」夏玄允還覺得怪呢，「成立『都市傳說社』的用意是什麼？不就是希望遇上都市傳說嗎！」

「並不是！」這句話超有默契的異口同聲……還包括林詩倪他們。

唉，又來！毛穎德不得不開口，「他們是對遇到都市傳說興奮激動，不是對誰失蹤或死亡而高興，你們可別誤會。」

「那……」移在櫃檯上畫草圖的阿德烈好奇的發問，「那個失蹤的房間有跑回來過嗎？」

「沒有耶！目前沒聽說過這樣的例子。」夏玄允聳了聳肩，「阿德烈，你在設計這棟屋子時，有沒有什麼怪事啊？」

嗯？阿德烈愣住了，他拿著筆抬頭看向近在咫尺的夏玄允，這漂亮的男孩看起來像小孩子，那雙眼晶亮有神。

「沒、沒有耶！」阿德烈緊張的嚥了口口水，「我就是想造一個特別的房子，你覺得是因爲我設計的關係嗎？」

「不是啦，他隨便問問。」郭岳洋忙把夏玄允拉向後，「因爲都市傳說很難得嘛……阿德烈聽過嗎？」

阿德烈點點頭，「聽過好多好多喔！」

「阿德烈中文說得眞好，感覺在這裡好久了呢！」林詩倪忍不住讚賞，不仔細聽還聽不出是歪國人。

「好久好久囉！」阿德烈點點頭，微笑的樣子還帶點驕傲，「好囉！我畫好了！」

簡單的本子上是阿德烈的草圖，一共八十一間房，樓下、樓上，每個轉角都有一間小廚房或茶水間，對角各有一間大廚房與餐廳。

「我來發號施令吧！」林淮喆直接明說，「我們人多，這又是我們地盤。」

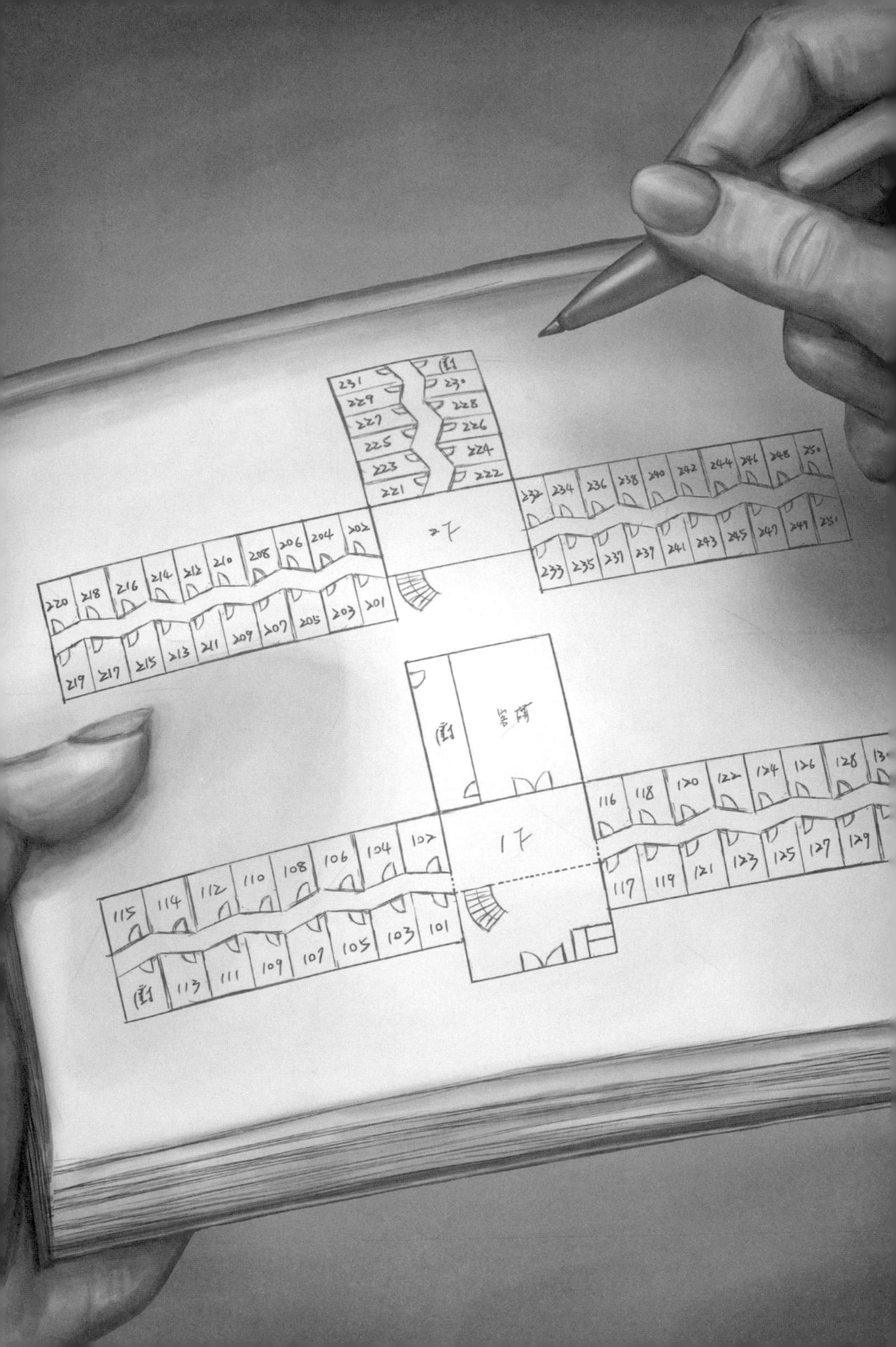

2F
廁
231
230
229
228
227
226
225
224
223
222
221
202
204
206
208
210
212
214
216
218
220
201
203
205
207
209
211
213
215
217
219
232
234
236
238
240
242
244
246
248
250
233
235
237
239
241
243
245
247
249
251
1F
廁
116
118
120
122
124
126
128
117
119
121
123
125
127
129
102
104
106
108
110
112
114
115
101
103
105
107
109
111
113
廁

「好哇！」夏玄允不知道是聽不出來還是不在乎，還在那邊跟人家比讚。

於是林淮喆要求分組，請大家拍下設計簡圖後，開始去一間間仔細搜尋與對照，除了要找到人之外，也要再次確定房間的位置；六人一組，人多也好照應。

夏玄允他們四個人自然一組，另外兩個倒是配了S大的白白跟小賴，兩個很活潑的男孩。

他們負責一樓的西北角區塊，也就是116到131號房，大門右側那區。

「我們六個人，一人一間這樣最快！」白白一到走廊就開始說。

「不行不行！要一起行動！」夏玄允立刻阻止，「萬一你進去，房門自動關起來怎麼辦？」

呃……白白跟小賴頓時白了臉色，「自動……關起來喔？」

「對啊，那你就直接到別的空間，我們可就愛莫能助了！」郭岳洋很認眞的勸說著。

兩個男孩用力嚥了口口水，聽起來好像跟著他們比較安全厚？

每間都拍照，每間都留人守在門口抵住門，以防會有「自動關上」的情況發生，這個工作都是由毛穎德跟馮千靜負責，因爲其他人保證會分心；而站在門口的他們，更能環顧四周，同時留意走廊上的狀態。

「一整間房間能消失到哪裡去？」馮千靜趁機喃喃，「之前就算是樓下的男人，也只是帶到平行空間，這裡其他的房間沒有消失。」

「眞是個嶄新的都市傳說！」毛穎德不太爽，尤其左肩依然很痛。

「我開始思考剛剛那位學姐說的話了。」馮千靜沒忘記剛剛在外面被視爲精神妄想症的女生，「她說她同學失蹤，本來的廁所變成了牆……」

挑高著眉暗喻著，這讓毛穎德忍不住看向房裡的廁所……是，那也是「一間」廁所。

「要是不對勁，得讓大家都離開。」他已經打定主意，「夏天就交給我。」

嗯哼，她自喉頭發聲，此地的確不宜久留。

由於人多，所以分配的房間數少，他們負責的房間範圍都跟阿德烈畫的配置圖一樣，並沒有什麼改變，反而這樣的檢查讓他們參觀了各式風情的房間，眞的每間裝潢都不同咧。

「都沒人啊！」白白回報，「沒看到可樂，房間也都是原來的房號！」

郭岳洋負責把圖做上記號後回傳，再由陳睿彥做統整。

「好渴，你們要不要喝點什麼？」小賴問著，「我們有進很多飲料喔！」

「那要回餐廳去吧！」郭岳洋問著，直接回身。

「哎，這邊有另外的廚房啊，記得嗎？」白白笑了起來，他們果然才是地頭蛇，「這裡的規模比較小，用來分散人潮的。」

毛穎德看向手機裡的地圖，的確是！「有什麼喝的？」

「很多選擇啦，茶、可樂跟鮮奶都有！」小賴直接帶著大家往西北角的廚房去。

廚房就在116走廊尾端的方間，比起正式的餐廳小很多，但也能容納十餘人，廚房眞要煮飯也夠寬闊；打開冰箱，裡面果然有不少食材跟飲料，大家各自挑了喜歡的飲料先灌再說。

「夏天，你們……」一群人在料理桌上，白白打破沉默，「之前遇到的都市傳說，也這麼可怕嗎？」

「可怕啊……」夏玄允很認眞的蹙眉，思考著要用什麼形容詞最洽當。

「其實還好，就是很刺激很緊張！」郭岳洋幫忙回答，「很想知道都市傳說的全貌，很想知道要怎麼樣才能把受害的人救出來。」

「可是，好像沒有想像的順利？」小賴保守的問。

這話題就沉重得多，的確他們遭遇過多次都市傳說，不是人人都能逃過都市傳說的傷害。

「沒辦法，我們都知道都市傳說很厲害的，沒有起源、沒有邏輯，有時候遇到了就是遇到了。」夏玄允勉強笑著，「總之，要盡最大的力量去救人！」

「而且我們很多次也是自己身在其中啦，不得不找方法脫險……」郭岳洋下意識瞥了馮千靜一眼，「當然也是因爲有重要的夥伴啊！」

小賴跟白白喝著可樂，有種由衷佩服的感覺。

「我說眞的，我們這個社團就是屌而已，好像也沒有什麼特別的作爲……而且我總覺得社長他們會背一堆都市傳說，可是好像沒有很信！」白白聳聳肩，「結果沒想到你們一來就遇到了耶！」

欸……夏玄允有點尷尬，這種說法好像他們是瘟神一樣耶！

馮千靜暗自竊笑，這種形容還眞是一點兒都沒錯！

夏玄允手機突然響起，他圓著雙眼，悄聲說了一句是林淮喆，便趕緊接起來，並往外走去。

「什麼？好！我？我在西北角小廚房這邊，我們在喝飲料……噢好！」他回首朝大家勾手，「上三樓，那邊有狀況！」

夏玄允直接往外頭衝，郭岳洋當然立即跟上，馮千靜說還想帶幾瓶飲料給林詩倪他們，白白自告奮勇說他來拿。

「你們先走啦我很快！」白白催促他們先閃，已經打開冰箱拿衣服當袋子，把飲料放進去了，「我們也要幫同學拿。」

「毛穎德！」郭岳洋的聲音在走廊裡響著。

「來了！」他回應，拉著馮千靜先離開廚房。

屋子的走廊不是直的，總是沒幾間就一個弧度小彎，他們離開廚房時早看不見郭岳洋的身影了，只能聽著腳步聲追上，馮千靜並沒有很想上二樓，應該夏玄允去就可以了。

等等！她戛然止步，同時伸手拉住了前頭的毛穎德。

「喂……」毛穎德被拉住衣服整個人緊急煞車的後仰，「怎麼了？」

他得踉蹌兩步才能穩住，不明所以的回頭看著馮千靜。

她站在122房前，眉頭深鎖的向左指，「剛剛這房間門是關上的嗎？」

「嗯？」毛穎德正視著他們眼前的房門，「我們剛剛不是說好都要敞開的嗎？」

而且這門可一點都不輕，老實說關門時絕對不會無聲，他們僅僅在數步之遙的廚房裡，爲什麼沒有聽見關門聲？

兩個人對看一眼，下一秒即刻分站門的兩側，由馮千靜負責開門，毛穎德在旁邊準備掩護。

一、二、三，同步用嘴型說著，馮千靜一扭開門把即刻閃開——砰！門板被使勁推開後撞到了牆，毛穎德疾速往裡頭一瞥再縮回身子，好像沒什麼？

這會兒連馮千靜都探頭去看，極爲安靜的一間房，並沒有什麼異樣。

「沒事。」毛穎德鬆了口氣，「這樣自己嚇自己很可怕。」

「嗯……」馮千靜卻不以爲然，她蹙著眉雙手抱胸，「我覺得還是哪邊怪怪的……啊！」

她邊說，一邊拿出自己的手機，這是122……啊，海洋風、然後是維多利亞——咦？她凝視手機頁面，再立刻抬頭看著眼前的房間！

「你調照片出來看看，122號房長怎樣！」她一邊說，一邊後退去找124，以確認照片的順序。

「怎麼回事？」毛穎德鮮少看馮千靜這樣嚴肅，也認眞的拿出手機查看，他都是按順序拍的，120是綠色風格，所以122是灰、灰……

眼前的房間，是一整片薔薇色的裝飾，牆上壁貼就有薔薇不說，床、沙發跟桌子的位子、陳設、模樣，都跟照片裡是兩回事！

「不同了對不對！剛剛是灰色風格，牆壁明明是橫條紋！」馮千靜已經確認照片無誤的衝回來，「床也不是在左邊，剛剛是在右邊！」

毛穎德半晌說不出話，焦急的又對照了前後的房間，的確其他照片都對，唯獨這間——「剛剛根本沒看過這間房啊!!」

馮千靜一顆心跳得疾速，喉頭緊窒，「再找人確認——白白！小賴！手機調出來一下！」

如果連他們兩個人的手機都沒有這張照片的話，就表示……122號房不只一間？那剛剛那間房呢？

難道房間不只會消失？還會替換？

「這太扯了，我們根本沒見過薔薇花的房……」毛穎德已經全部巡過一遍，「我照片沒有漏掉任何一間！」

「我們六個人一起找的，一間一間查，不可能有漏！」馮千靜忍不住回頭大喊，「白白！小賴！我需要你們幫忙！」

她的聲音迴響著，迴音比剛剛大，但是就是沒有任何關於小賴或白白的回應。

一片靜寂，這讓馮千靜緊握飽拳，繃著每條神經。

刺痛突然自左肩襲來，毛穎德咬著牙痛苦的往牆上撞，剛剛那一秒鐘的疼直襲腦門，讓他覺得手快斷掉了！

「出事……出事了！」他咬著牙，不穩的往尾端奔去。

「慢一點，毛穎德！」馮千靜追上，閃身從他身邊的縫隙往前衝，左手沒用人跑這麼前面做什麼！

他們離廚房並不遠，跑不到五間的距離後，右手邊就是一個寬敞的……他們幾乎差點撞上了牆，兩個人站在走廊底，面對著……死胡同。

「怎麼……怎麼回事？」馮千靜不可思議的看著眼前的牆壁，使勁的拍著，「這裡應該是扇門，裡面是廚房跟餐廳啊！」

毛穎德驚愕的看著，是，這邊往右轉進去有間較小的廚房，廚房旁還有餐廳，那十五坪大的空間居然消失了！

他跟馮千靜就站在死路底端，一邊是129號房，一邊是130……沒有什麼小廚房或是餐廳……毛穎德戰戰兢兢的拿起手機滑到阿德烈畫的設計圖，那西北角的廚房跟餐廳，依然存在在那裡。

「我知道……櫻花樹爲什麼會不見了。」他虛弱的說著，背脊一陣涼，看著依然在敲打牆的馮千靜，兩個人臉色都轉爲鐵青。

消失的不只是房間。

這間屋子，還可以任意增減替換任何一個房間啊！

第四章 下一間……

來不及消化一樓西北角廚房與餐廳消失的事情，上二樓的毛穎德與馮千靜卻又被另一件事情震撼。

二樓在251房間附近一整票人聚集，氣氛異常凝重，郭岳洋看著上來的他們，眼睛比ＬＥＤ燈還要亮。

該死！這是毛穎德腦中竄出的第一個想法。

夏玄允人都到走廊前方去探查了，瞧那輕快的步伐，樓上一定也發生了與一樓不相上下的事端。

「增建房間啊……」馮千靜仰首看著眼前的房間，上頭寫著255號房，真是令人難以置信，「連裡面都裝設好了，眞貼心。」

阿德烈緊鎖眉心的望著走廊尾端多出來的五間房間，不停的搖頭。

「這應該就不是你設計了吧？」馮千靜回首問著。

阿德烈再搖了搖頭，「這棟房子我只設計了八十一間房，房間應該到這裡就停止了！」他指著右手邊的251，「然後對面是儲物間，不會有252！」

他指的對面，現在的確是252，而站在最後面的夏玄允開著門往裡頭探，最後是儲物間啊！只是算是第八十六間房了吧！

「這簡直像堆積木啊，可以這樣移動增建的！」夏玄允口吻盡是讚嘆，「這眞的太屌了！我從不知道消失的房間中，還會有出現的房間！」

「這種事不要知道比較好吧？」毛穎德萬分無奈，知道得越清楚，表示遭遇得也更多。

小賴跟白白消失的事也已經跟大家說了，結果只是引起恐慌，他們當下就決定結束這次春訓，要求大家即刻返家，只不過……馮千靜看著還在各房間中拍照的夏玄允跟郭岳洋，她覺得回家之路其實有點遙遠。

「夏天。」林淮喆從長廊另一端走了過來，「大家都準備要離開了。」

「噢！好！」夏玄允這才勉爲其難的打算下樓，「林詩倪他們也要一起走了嗎？」

「沒有，有幾個人好像在等你們。」林淮喆提起這點就有點費解，「他們說你打算留下？」

「對！」夏玄允回得斬釘截鐵，「我想留下來觀察一下這間房子，還有……你們有三個同學不見了耶！」

林淮喆顯得面有難色，他並不是很想留下，在明知屋子有問題的前提下，爲什麼要留下來涉險？就算是都市傳說……不，就是因爲是都市傳說，他才擔心啊！

「的確是……」他幽幽說著。

大家一起下樓，學生們或在玄關，或已經嚇得在外面的庭園集合了，車子由陳睿彥調度，剛剛送大家前來的車子，現在正要載大家離開。

「夏天！」阿杰一見到他即刻上前，「你們要留下來對不對？」

「嗯！你們先回去吧！」夏玄允眞的點頭。

「等等。」毛穎德拍拍他的肩，「夏天，這不是鬧著玩的，房間消失後不知道去哪裡，也沒有回來的紀錄，你想待在這裡做什麼？」

「當然是搞清楚房間到哪裡去了啊！」郭岳洋聲音還高八度上揚咧，「並且試著把不見的同學找回來。」

這讓S大的學生相當爲難，唐家瑜一點都不想留下來，但是別間學校的「都市傳說社」爲了他們的社員都願意留下，他們自己不留下似乎說不過去！

「這要很小心，沒人知道這房子的變化，它會增建或是刪去哪些房間，我們隨時都可能會不見。」馮千靜實在有不好的預感，「非留不可嗎？」

「那不見的人怎麼辦？」夏玄允很認眞的問著馮千靜，「扔下他們嗎？」

「我們扔下過很多人了！」馮千靜擰起眉，「那都是不得已的，你明知道遇上都市傳說，不是每個人都能救！」

「問題是這次我們連試都還沒試！」難得的夏玄允口吻竟也變嚴厲起來。

郭岳洋愣了幾秒，爲什麼夏天今天感覺好緊繃？「大家不要吵架啦！那個……小靜妳可以先回去，沒關係的！但我跟夏天想要再待一下下！」

馮千靜看著夏玄允，甩頭轉身就繞進樓梯底下，往自個房間的走廊而去。

唉，毛穎德搖頭，忍不住推了夏天一把，鬧什麼啊！他用嘴型說著，就知道馮千靜討厭他們一直沾都市傳說，他還用這種語調跟她嗆！

「你最近很奇怪喔！」連他都說了，「跟小靜哪裡不愉快啊？」

夏玄允別過頭，不悅的嘆口氣，「沒什麼！反正我要留下……你要走也可以走。」

「夏天！」郭岳洋拉了拉他，是怎麼樣？

最近夏天的態度的確有點怪，也不太跟毛穎德說笑，跟小靜更是有刻意的距離，他們誰都不敢問，問題是小靜卻一副不在乎的模樣。

林淮喆搞不清楚他們在演哪齣，轉過身跟同伴們低語商量。

「他們要留，我們呢？」陳睿彥直接討論重點，「不見的是我們社團的，我們能扔下嗎？」

「消失的房間耶，都市傳說耶，這不是鬧著玩的！」吳雯茜拼命搖頭，「我不要留下來！」

「可是這樣等於是捨棄社員啊！」大柴怎麼想都覺得太沒義氣。

「萬一這眞的是都市傳說，義氣跟命哪個重要？你別傻了！」唐家瑜立即反駁，「我也不贊成留下，我們就報警就好了，找人是警方的事啊！」

林淮喆沉吟著，回頭看著討論愉快的夏玄允跟郭岳洋，這兩個姑且不論神經是怎麼構成的，光是願意留下來找可樂他們，就讓他覺得義氣十足……如果他們眞的離開，將來話傳出去，那會有多難聽！

兩所大學的「都市傳說社」聚會，遇上了眞實的都市傳說，結果S大的社員們陸續失蹤，S大的社長及重要幹部落跑走人？A大的卻自願留下？

「我留下。」林淮喆說出驚人之語，「不能讓他們專美於前，我也希望自己能光明正大的面對可樂他們的家長。」

「社長！」唐家瑜不敢相信，「這跟面對不面對有什麼關係！這可是性命攸關之事耶！」

「我們是都市傳說社，應該比誰都認識都市傳說啊！」林淮喆昂起頭，「他們能，爲什麼我們不能？」

這是在比拼的時候嗎？吳雯茜瞭解林淮喆，打從創社一開始就是爲了跟A大軋啊！

「好，我陪你！」大柴義氣當頭，「眞要我把同學扔在這裡，我還眞的說不過去。」

「我也留下。」陳睿彥看著兩個女生，「房子是我負責策劃的，我有責任……而且我也贊成林淮喆說的，我想知道都市傳說。」

吳雯茜皺眉，照這種說法，屋子還她家監造的耶！那她也有責任？

他嘴角挑起一抹期待的笑容，唐家瑜卻認眞覺得他們沒把事情的嚴重性思考清楚。

「喂，你們好誇張……該不會還要跟他們一樣，寫個紀錄吧？」唐家瑜簡直不敢相信，這些男生瘋了。

「一起創社的有點GUTS好嗎？」林淮喆其實希望全員留下，「妳看看他們多團結！社長不走，根本沒人想走！」

義氣能當飯吃嗎？吳雯茜挑高了嗓門，「誰說的，那個宅女不就要走了嗎！」

「她不會走的。」陳睿彥低沉的接口，「她絕對不會走。」

唐家瑜詫異的看著他，「你又知道？」

「那女的不是什麼宅女，那根本都是裝的，眼神跟說話方式都跟今天在外面見面時完全不同。」陳睿彥倒是流露幾分讚賞，「妳等著看！她不會離開。」

此時，林詩倪已從外面回來，她打發了幾個想留下但是他們覺得可能反而會礙手礙腳的社員先離開；她、阿杰跟大頭都留下，完全的義無反顧，甚至已經在討論關於都市傳說，大家所接收到的不同說法。

陳睿彥往右手邊的走廊看去，毛穎德正站在門口，抵著門跟在自己房內的馮千靜低語交談，聲音小到聽不見，他們兩個一直都很小心翼翼。

「妳真的沒跟夏天吵架？」

「沒有！」馮千靜簡短回答，收拾著東西，她本來就沒太多物品。

「你們最近幾乎都沒說話，他也不陪妳練習了。」毛穎德嘆口氣，「到底在鬧什麼彆扭？」

「你問錯人了！在鬧彆扭的是他，我一察覺到就跟他拉開距離了，還練什麼習！」她把瑜珈墊收進行李袋裡，「你該知道我對敵意很敏銳。」

是，馮千靜是女子格鬥者，對於敵意相當敏感，也從來不畏挑戰，但是——

「夏天對妳會有什麼敵意啊？」

馮千靜拉上拉鍊，站起將行李扛上肩，一路來到毛穎德面前，握拳的右手直往他胸口擊去。

「噢！」他吃疼得莫名其妙，「怎樣？」

「問題可能就出在你啊，先生！」她昂起頭，「因爲我們關係不一樣了，他介意。」

毛穎德圓了雙眼，猛地倒抽一口氣，「喂，妳說話不鋪陳的嗎？」

「何必！」她勾起一抹笑，就算亂髮邋遢，卻流露出了格鬥者小靜那份明媚。

馮千靜推開他，從他身側往外走去，毛穎德一個人在後面感受著心跳加速跳動……對，她是格鬥者，不是什麼普通女大生，人生就是不停的戰鬥，在愛情上，她怎麼可能搞什麼曖昧矜持！

是，他們關係是不一樣，他一直沒行動是因爲不確定馮千靜的意思……咳，好啦，他現在知道了。

問題是……這跟夏天有什麼關係？他是在不爽什麼？眞的因爲他跟馮千靜有些曖昧，所以他鬧彆扭？毛穎德眉頭揪在一起，別鬧了，夏天是哪根神經不對勁啊？

「收好了。」馮千靜自走廊走出，「借過！」

S大的很喜歡一群人擋在客廳門口，問題這裡同時也是兩條走廊的出口，很擋路耶。

「咦？馮千靜？妳收行李要幹嘛？」林詩倪驚呼出聲，「妳不會要回去吧？」

夏玄允暗暗的瞥了馮千靜一眼，又緊張別開。

「房間不能睡，要留下來的話，建議把行李跟被子都拿出來吧！」馮千靜挑著嘴，「大家都上車了，怕的話快點走了吧！要不然我怕等等連公車都不見！」

唐家瑜萬分不甘願，但是她覺得現在喊出要走的人，真的很像逃犯！「我……我去跟司機說。」

「阿德烈！」陳睿彥喊著坐在階梯上的歪國人，「你開車來的嗎？也先走吧！」

「NO！」阿德烈嚴正拒絕，「這是我設計的房子，我有最大的責任！」

呃……事實上沒有啊！

「這不是你的錯啦，都市傳說會發生在各種地方……」郭岳洋趕緊蹲到他面前，溫聲勸說，「像裂嘴女啊，又不是蓋了那條馬路，裂嘴女就會出現對不對？」

「NO NO你不懂！」阿德烈拼命搖頭，看起來相當堅決，「我熟悉這房子，我……我應該算熟悉，我要留下來幫忙！」

稍事平復再走出的毛穎德聽見所有對話，他能理解阿德烈的心情，「讓車子走吧，他一定覺得是他設計的房子害的，就讓他留下吧！」

唐家瑜點點頭，沉重的出去通知車子可以先走，她好想現在就衝上車子，跟著一起離開……唉，林淮喆是在跟人家軋什麼啦！這種事也要比拼眞的太閒了！

看著車子離開，唐家瑜才回到屋子裡，玄關處聚集了剩下的人，S大以林淮喆爲首的五個人，還有A大的七個人，以及阿德烈。

「房間不安全，大家先把行李拿出來吧，兩兩一組不要落單。」夏玄允立刻出聲，「速度要快，然後我們到客廳集合。」

砰——突然間，樓上傳來了聲響，伴隨著震動，讓吳雯茜尖叫的往陳睿彥身後躲去。

砰——喀——咚——沉重的聲音傳來，低沉迴盪著，這是剛剛從未聽過的詭異聲響。

「聽起來像在……施工啊？」吳雯茜仰頭，她家搞建築的她懂！

「我上去看。」馮千靜立刻放下行李，手一撥就把遮去額頭的前髮全往後攏了，「你們快去拿東西！」

「不可以！」郭岳洋立刻攔住她，「妳一個人去太危險了！」

「我在走廊又不是房間！」馮千靜說著，閃身往樓上去。

郭岳洋趕緊回頭看向毛穎德，怎麼不說話？

「她要去就讓她去，她有分寸的。」毛穎德懶洋洋的說，「快點動作吧！省得她回來又嫌你們動作慢。」

夏玄允眼裡盡是擔心，但是馮千靜早就上去了！

他們兩個還是跟上，可是前往的方向不同，馮千靜剛是往左邊去，他們是上樓後則進入右邊走廊；林詩倪等人早已收妥東西，便先拿東西到客廳，並且有組織的守護彼此，陳睿彥也先從冰箱拿食物出來，以備不時之需。

像現在西北角的廚房消失，食物就少了一堆。

「那個……馮千靜為什麼要裝成內向害羞的樣子？」陳睿彥終於開口問了，

「我看她應該也參與過不少都市傳說吧？」

毛穎德回身，「我們兩個從頭到尾都有參與，她幾乎是主力……保護我們的主力，而且她不是很喜歡跟人打交道。」

「噢。」不是內向害羞，搞半天是孤僻啊！這樣他似乎明白了點。

而且居然是「保護主力」，就像剛剛，一有狀況她便一馬當先嗎？

大家各自在恐懼的氛圍下飛快收拾各自行李。

到聲音來源探查的馮千靜發現屋子似乎又增設了兩間房間，剛剛那種類似施工的聲音，想必是屋子自己在「建屋」吧？

她一個人站在走廊上，看著每一間敞開的房門，有種說不出來的詭異感。

好像每一間房間都是活著的，都在看著她，隨時都能長腳移動，也說不定突然能把走廊前後切斷，把她困在這裡。

一邊想著，她決定盡速離開這裡，緩步退後，感受著房間未閉的窗子外吹進的冷風，窗簾隨之飛舞……氣氛不一樣了，她讓自己靜下心，這間屋子在改變的不只是陳設，還有某種氛圍。

原本平靜無害的氣氛已經消失，她光是站在這裡，就能感受到從背脊涼到腳底的感覺……被隙間女盯著時，是一種強烈的敵意，那是她從小到大習慣的目光，每個擂台的對手總會這樣看著她。

但是，現在不是這種針對性的……她看著飛揚的窗簾，張牙舞爪。

砰——冷不防的，她身邊房間的浴室突然大門甩上，嚇得她差點迸出尖叫聲！

「天哪……」冷汗瞬間冒了出來，她知道這是什麼感覺了！

這間屋子，並不歡迎他們！

他們必須重新考慮留下來這件事！屋子討厭他們的存在，它不希望任何人住在這裡！

回過身子，她要跟夏玄允談談！

「你東西好少喔！」阿杰站在毛穎德門口，幫他擋著門。

「兩天一夜是需要什麼啦！」毛穎德從廁所走出，拿著自己的牙刷，「好了走吧……我再拿個被子好了！」

動手抽起被子，這樣晚上在客廳也好有東西蓋……如果大家睡得著的話。

「夏天！」樓上傳來馮千靜的聲音，他們不約而同的抬頭。

「怎麼了？聽起來好急喔！」阿杰聽著腳步聲，感覺得到馮千靜在疾走，然後走到樓梯口了，「夏天在客廳了！」

阿杰跨出兩步，對著外頭大喊。

他眞的只有跨出去兩步而已，剛捲起被子的毛穎德也聽見馮千靜的聲音，知道事情不妙，但是他左肩瞬間襲來的劇痛，讓他無法思考——糟糕！

他痛得彎下身子，不得不摀住肩膀。

放低的視線，卻看見他的房門……被身後的風吹動著，緩緩的關上了。

「阿杰！不要離開門邊——啊！」好痛！毛穎德大吼著。

咦？阿杰一怔，他就站在毛穎德房門口，剛好看見馮千靜走到了客廳門前，

與之四目相交之際，就聽見了毛穎德的喊聲。

「什麼？」阿杰錯愕的正首，竟看見房門要關了，「哇啊！」

他倉皇失措的伸手去擋，僵在客廳門口的馮千靜也立即領會到發生什麼事！

「擋下來！阿杰！」

阿杰雙手抵住了門，他眞的抵住了門，但是——有一股強大的力量，硬把門甩上了！

「哇！」阿杰被那股關門力量打得後退，直接撞上了馮千靜的房間牆緣，進而跌滑了進去！

及時趕到的馮千靜立刻抵住自己房門，另一手朝向阿杰，「站起來！」

阿杰腦袋一片空白，只知道趕緊跳起，離開馮千靜的房間，再度衝向兩步之遙的門前，趕緊把毛穎德的房門打開——「毛穎德！對不起！」

門猛然推開，裡面卻沒有什麼毛穎德了。

馮千靜圓睜著雙眼，看著那該是十九世紀木板樸實風格的房間，現在已被橘金風格的房間取代。

「毛穎德？」她無法置信的往前，她覺得快要不能呼吸。

「啊啊……」阿杰抱著頭，這房間不是剛剛那間啊，「毛穎德！毛穎德——」

吼叫聲引起客廳所有人的注意，夏玄允率先衝了出來，「怎麼回事!?」

馮千靜睜大雙眼，緩緩向左看向甫衝出客廳的夏玄允，再也壓抑不住滿腔翻滾的怒火，「爲什麼一定要留下來！」

「毛……毛?」夏玄允不敢置信的發顫，毛毛不見了!?

極怒的身影二話不說旋身就直衝向夏玄允，掄起的拳頭高舉，左手直接揪住夏玄允的衣領往前拽！

「我是不是說過有危險！你明明知道都市傳說有多棘手的！」馮千靜盛怒的吼著，狠狠的就要揮下拳頭。

「小靜！」趕出來的郭岳洋驚恐的大喊著，讓那即將戾下的拳頭在夏玄允臉龐前止了住。

她凌厲的雙眼裡盈滿忿怒，氣到發抖的拳頭終於緩緩放下，左手鬆開夏玄允的衣領之際，不忘將他使勁的向後推去！

夏玄允不敢喊，他狼狽的撞上牆，郭岳洋趕緊上前穩住他。

一票人站在客廳門口，看著馮千靜緊繃著身子走來，她渾身上下散發著肅殺之氣，讓人不敢妄動，誰也不敢出聲，紛紛退開一條路，好讓她走進客廳裡。

阿杰軟腳跪在門口，林詩倪哭著跑上前。

「不是故意的，我真的……只有一秒啊！我只離開了一兩秒！」

毛穎德！

第五章 無力回天

阿杰抱著雙臂，蜷在沙發上不停的發抖，女友林詩倪只能在旁邊陪伴，現在說什麼都不對。

消失的房間第三起，這一起卻是他們的人，還是跟夏玄允、郭岳洋從小一起長大的毛穎德、「都市傳說社」的創社元老，更是歷經過多次「都市傳說」卻相安無事的人。

就這麼剎那間，他連同房間消失了。

101號房仍在，只是已經不是毛穎德住的那一間了。

「只有兩秒，我只是退開兩秒鐘而已，我甚至、甚至還站在門口。」阿杰發著抖說，「我沒有想到門會關上，而且、而且門關上後，馮千靜跑過來把我拉起後，就立刻打開了！」

前後說不定五秒鐘不到的光景啊！

「如果是都市傳說，我們現在都以都市傳說來做爲前提的話，一秒鐘都能消失。」林淮喆沉重的說著，「更別說你們花了好幾秒，門關上後，房間就消失了。」

「在原始傳說裡，他們是費了很多力氣才打開房門的，跟可樂的狀況比較像，但是，」陳睿彥趕緊加了但是，「跟林淮喆說的一樣，眞的要消失是眨眼間。」

「我們、我們眞的還要繼續待在這裡嗎？」吳雯茜咬著唇，「我覺得、那個馮千靜都說屋子對我們有敵意了，會不會陸續把我們料理掉？」

「這不合理啊！爲什麼要針對我們？冤有頭債有主，我們什麼事也沒做不是嗎？」唐家瑜忍著顫抖，發出不平之鳴。

「誰在跟妳冤有頭債有主？這不是鬼故事好嗎！鬼出來復仇，當然有因果，這是都、市、傳、說。」馮千靜不耐煩的說著，「都市傳說，是沒有任何理由跟因果的，清醒一點好嗎！」

「逃避不是辦法。」陳睿彥搖搖頭，看向郭岳洋，「我想他們誰也不會放棄朋友。」

郭岳洋抬首，給予堅定的點頭。

身旁的夏玄允已經哭過一輪了，他陷入不停的自責中，躲在沙發後的角落喃喃自語，責怪著自己，爲什麼非得留下來？爲什麼一定想見識都市傳說？如果聽小靜的話，那他們根本不會待在這間屋子裡，毛毛也就不會消失！

郭岳洋已經開始在「都市傳說社」紀錄本上統整資訊，現在最重要的不是責備、哭泣或是斥責，而是要怎麼樣找到消失的房間！

「既然沒有消失的房間回來過的實例，」唐家瑜忍不住問了，「那我們待在這裡，要怎麼找到那些人？」

「不知道。」林淮喆回得迅速，「但消失就是消失了，再也沒有出現過。」

「也沒人從裂嘴女的剪刀下逃過、試衣間進去的人也幾乎成爲失蹤人口，被樓下的男人盯上的女生，幾乎都人間蒸發。」林詩倪柔聲開口，「但是，夏天他們都活下來了。」

林淮喆默默的看著A大的學生們，他心底已經明白，看起來他們社團的紀錄應該是事實了！

「那個……樓下的男人盯上誰？」唐家瑜好奇的問，「妳嗎？」

「是馮千靜。」大頭低沉開口，「她被帶到另一個空間，又回來了……每一次，她都能回來。」

所以，他們要相信，毛穎德有回來的機會。

「屋子一直在改，我們的配置圖作用不大。」郭岳洋逕自看手中的本子，他把消失的房間都畫上記號，「有的房間是整個消失，有的是用另一間取代，而消失的房間，並沒有在被取代時回來，幾乎都是替換上全新的房間……對吧？阿德烈？」

沉默的阿德烈點著頭，「那些跑出來的房間，都不是我認識的……我沒有設計過。」

「房子自行設計嗎？也挺有SENSE的。」陳睿彥還有空讚美，「所以我們現在打算怎麼做？」

郭岳洋望著大家，眼神難掩悲傷，其實他也不知道……完全沒有頭緒，房間的歸返，目前爲止沒有任何紀錄啊！

「等。」沙發後傳來悶悶的聲音，「我們就等房間消失或出現的時候。」

大家紛紛朝沙發後看去，那兒緩緩轉出低沉的夏玄允，他勉強起身坐回郭岳洋身邊，一雙眼哭得紅腫。

「等……那個要幹嘛？」大柴皺眉。

夏玄允用力做了幾個帶著顫抖的深呼吸，試著平復心情，「不知道，但那是屋子唯一會有變化的時候，消失或出現都在那時，我們必須知道它的變化才能抓到頭緒。」

「現在屋子在更動我們都聽得見了……所以還蠻好找的。」林淮喆微微點著頭，「可以避開，也可以尋找。」

「但是房門開著，會不會屋子變成只會增建？」唐家瑜提出了關鍵性的問題，「我們剛剛把每間房都用東西抵著了。」

大家面面相覷，是啊，費了不少工夫才把門給抵住呢！

「好，把房門全數關上吧！」夏玄允下了決定，「哎呀！我知道很麻煩，但是這是唯一的辦法！」

吳雯茜在心裡暗自哀號，她嚇得全身發冷了，而且現在時間越來越晚，又多添了幾分恐懼感。

夏玄允再跑到阿杰身邊加以寬慰，不全是他的錯，請他振作，現在自怨自艾對事情毫無幫助。

站起身，環顧了整間客廳，少了一個人……

「她在毛穎德房間裡。」林詩倪悄聲的說著。

「一個人？」夏玄允心急的想衝過去。

「夏玄允！」郭岳洋趕緊叫住他，「你別去啦，我們沒人敢靠近好嗎！小靜做事有分寸的。」

夏玄允緊張，明知道不能一個人待在房間，小靜爲什麼……

馮千靜聽得見客廳裡的談話聲，她隻身站在那全新的101號房裡，緊盯著一大面牆，期待著有些什麼資訊流出。

當初她被樓下的男人帶走時，去了一個與原本房間一模一樣的空間，但凡是她在那房間牆上寫的字，現實生活中的毛穎德這邊都瞧得見……當時他們就是用這樣的方式聯繫，直到毛穎德救出她。

所以他會知道怎麼做的。

看了手錶，毛穎德已經消失一小時了，能試的方法他都會試，該寫字也應該寫了，她瞧不見，就表示這招沒有效。

闔上眼睛，她試著調節呼吸，調整情緒，怒火依然在翻湧，她眞的眞的很討厭都市傳說！

甩頭走出房間，一腳踢掉擋在門前的物品，她知道這房間有多渴望關上門，一旦移除阻礙物，它們就會火速關上。

砰的關門聲響在身後響起，嚇得客廳裡的人們一大跳，夏玄允才想衝出，就看見走近的馮千靜；她摘下眼鏡，一邊走一邊把外頭那礙事的毛衣給脫掉，裡頭穿的是緊身小背心，纖細結實的線條一覽無遺。

「就這麼辦吧，開始關上所有房門。」她一路走到自己的行李邊，「分組進行，我會呈現機動狀態，屋子一開始動工，我就會過去……要做什麼?」

她轉頭，或看或瞪著夏玄允，等個答案。

「呃……把門踹開。」夏玄允想也沒想腦子裡迸出這個答案，「看看房間在變化中的情況。」

「好。」馮千靜從行李袋裡拿出一件緊身的T恤套上，開始活動筋骨，「踹門的事女孩子不要做，身手不好的男生也不要冒險——就說你們兩個。」

食指一比，率先指向夏玄允跟郭岳洋，他們露出可憐的大眼睛，幹嘛這樣！

「阿杰你也別動，你現在情緒不穩……」馮千靜隻手扠腰，帥氣的走到林淮喆他們面前，認真打量著，「你跟陳睿彥行，大柴也可以，不過麻煩踹門時自己不要跟著跌進去。」

一票人呆愣的看著她，這個馮千靜……已經跟下午見到的是完全不同的兩個人了啊！

她往落地窗邊走去，仰著頭開始打量窗簾上的桿子，郭岳洋跟著看上去，「要幫妳拆窗簾嗎？」

他知道小靜在看什麼，小靜在格鬥競賽中，手持武器項目，使用的便是短棍！她想要有個隨身好使的短棍防身用！

「不知道……我需要一個堅固又可以擋門的棍狀物……阿德烈！」她回頭，阿德烈還立正站起咧，「這屋子有沒有長條狀又絕對堅固的東西……我要一體成型，不要銜接式的！」

阿德烈被問得突然，呃呃呃結巴半天，也開始在思考屋子裡最適合的東西。

「廚房櫃子把手如何？」大柴直接挽起袖子，他孔武有力，「好幾個抽屜櫃子上都有！」

「啊，倒是可以，把手材質是不鏽鋼的！」阿德烈跟著往廚房去。

「大家留心！」夏玄允緊張的出聲，萬一跟西北廚房一樣就糟了！

所以一大掛人同時移動，有的卡門邊、有的站在界線中間，大柴粗暴的直接將把手硬拔下來，長短還差不多，馮千靜握在手上，無比的安心感油然而生！

「大家也都找個東西防身吧，還可以擋門。」林淮喆看著她的動作，也覺得每個人都該有份準備。

「好了，我先去把門關上。」馮千靜直接就走了出去。

「小靜，妳一個人就要行動了嗎？」郭岳洋緊張不已。

只見她回身，敷衍似的給個笑容，啊只是關門而已需要多少人？拿著銀桿的手揮揮，人就這麼走出去了。

唐家瑜忍不住哇了聲，「沒人覺得她帥呆了嗎？」

「小靜本來就帥呆了。」郭岳洋自豪的昂起頭，活像是在稱讚他咧！

「而且她身材超好的耶，根本全身都是肌肉！我的天！」唐家瑜也嘖嘖稱奇，「還超有義氣，剛剛毛穎德失蹤時，她那個樣子超可怕的！我以爲她會眞的打下去。」

唉，夏玄允嘆了一口氣，「她會打的。」

郭岳洋尷尬的笑著，「……所以我才出聲。」

忿怒中的小靜如果出手，那可跟平常在家裡「練習」格鬥是不同的，他怕夏天受傷，不，他一定會受傷。

只是看見小靜那副模樣，可以想見……她真的很在意毛穎德。

只怕還不只是朋友或室友那樣的單純了。

「對，陳睿彥，我想跟你拿鑰匙。」夏玄允突然轉向陳睿彥拿鑰匙，「失蹤房間的鑰匙我都需要。」

「你要鑰匙做什麼？」陳睿彥不明所以，「像可樂，他連房間都不見了啊！」

「死馬當活馬醫啊，不試怎麼知道！」夏玄允逐漸恢復精神，「我們每一次都是這樣嘗試的，這是都市傳說，沒有章法也沒有過去可以參考，我們只能靠自己摸索。」

每一種方式都試，總會有希望找到一點線索。

吳雯茜覺得手一直發冷，唐家瑜只能鼓起勇氣，大家隨手找了東西當工具，萬一遇上毛穎德適才的狀況，至少要及時把門給擋下，說不定可以倖免於難。

兩層樓，現在八十五間房，人這麼多要把門關上並不難，只要把門擋取走就沒事了，只是每人都戰戰兢兢，深怕踏進房的那瞬間，就會被這屋子給「取消」掉。

而夏玄允在大家都關上門後，拿著失蹤房間的鑰匙，開始開啓。

「小靜一定很恨我。」他低喃著，轉向身後的郭岳洋，「我爲什麼一定要留下……」

「想這些沒有用了。」郭岳洋拍拍他，「這不是我們樂見的狀況，沒有人希望毛穎德出事，或許說我們都太自信了，沒有想到會有這一天。」

回不來的一天。

在試衣間被帶走時他的確也沒什麼危機意識，覺得大家都在一起很有信心，遇上裂嘴女時只感到好興奮，因爲有辦法應付她……但是現在這個都市傳說，沒有破解法是其一，其二是一旦發生，便會有人不見。

是，他沒想到的是，那個人會是毛毛。

「我一定要把毛毛帶回來！」夏玄允重新振作，「不知道在那邊是個怎麼樣的情況……他說不定很害怕？」

「我覺得毛穎德不太會害怕耶！」郭岳洋由衷這麼認爲，「他可能也會跟我們一樣，想盡辦法要離開吧？」

不過，連他都會想像著消失的房間去了哪裡——跟大家存在同個空間，只是他們看不見？或是不同空間，不同地點？

這跟謎一樣的問題，卻能讓他們兩個都市傳說愛好者異常好奇。

「如果是我在房間裡就好了……」夏玄允拿出242的鑰匙，衝著郭岳洋笑了起來。

「最好……」他其實很能理解夏玄允說的，「巴不得在裡面厚！」

「嘿……」夏玄允掩不住心裡的渴望，他不是在說風涼話，而是眞的好想好想知道在房間裡的情況。

來到242號房前……不，是244號房前，夏玄允煞有其事的深呼吸。

「所以要怎麼做？」郭岳洋皺起眉，「這是244耶！」

「嗯，我知道。」夏玄允點點頭，「說不定一開門，情況就不一樣了。」

是嗎？郭岳洋皺起眉，他知道夏玄允的意思，再用鑰匙開一次門，希望扭開時可樂就回來了，但是他忘了一件重要的事，可樂是連同整間房間都不見，跟毛穎德的房間替換是不同的。

此時大家也都逐一完成關上房門的動作，往夏玄允這邊聚集，見他煞有其事的把242的鑰匙插進244的門鎖內，走近的林淮喆忍不住蹙眉，這是在玩哪招？

郭岳洋偷偷比了一個噓，看著夏玄允闔著雙眼深呼吸，即使鑰匙轉不動，還是很認眞的晃了兩下，然後猛然打開門——唰！

還是244。他失望的看著房裡的陳設，重重嘆口氣。

「這樣會有用？」陳睿彥忍不住問。

「全都要試，說不定哪次打開門後，裡面就是不一樣的情況。」夏玄允很認眞的說著，「下一個是西北角的廚房……廚房有鑰匙吧！」

陳睿彥直接從口袋裡拿出一串沒房號的鑰匙，「這邊有兩把，我沒用過，不確定是哪間。」

連鑰匙圈都不一樣，兩把鑰匙分別是鍋子跟鏟子的圖案。

「沒有鑰匙孔你要怎麼試啊？」大頭好奇極了，一樓的西北角現在只剩一面牆啦！

「那邊房間也多得是，隨便拿一間充當嘛！」夏玄允說得很認眞，「開鎖，開門，當成西北角的廚房依然存在，說不定一眨眼，他們就回來了。」

這是在胡鬧吧？林淮喆心中暗忖，夏天根本不知道自己該怎麼辦，所以才隨便找法子試驗。

不過，他也沒什麼好辦法，只能這樣依他。

神經緊繃的感受著屋裡的詭異，屋子已經許久沒有再發出其他聲音了。

「我……」吳雯茜悶悶的在一旁，幾經掙扎扭捏不已，「我想上廁所！」

咦？大家不約而同的往她那邊望去，現在再平常不過的生理需求，也變成一種難題了嗎？

「不要關門就好了吧？」林詩倪說著，「就……在門口等妳！」

吳雯茜紅著一張臉，她覺得很害羞啊！

馮千靜剛從另一頭巡回來，直接指向身邊的房間，「就在這裡上廁所就好，門不要關死，讓人在門口顧著。」

吳雯茜立刻拉拉唐家瑜，她不是不願意，但是廁所都在房間裡，萬一廁所門一關，那她們兩個不就一起都——

「我跟馮千靜一起在房門口守著！」林詩倪直接出聲，知道她們害怕什麼，「男生就繼續待在這裡吧！」

「妳們一說，害得我也想上廁所！」大柴科科的說著，離晚飯這麼久了，大家被一連串的事件影響到沒人想到這件事啊！

是郭岳洋先忍不住笑起來的，接著大家都噗哧而笑，所以男生就自己一間，大家全都來解決生理需求再說。

馮千靜直接倚在門框上，林詩倪則用身體壓著門板，她們選在238號房，這間洗手間開在入門後右牆的中間，唐家瑜尷尬的站在廁所門前，尿急的吳雯茜進去廁所卻怎樣都尿不出來。

「哎唷！門這麼開我會害羞啦！」吳雯茜在廁所哀著，迴音讓人好窘。

「啊？」唐家瑜不知道該怎麼辦啊，「我都背對著妳了！」

「就不安全嘛！」吳雯茜哀號著，這跟開著門上廁所不是一樣嗎！男生那邊完全沒這個問題，他們還在哈哈哈的談笑，因爲廁所迴音大，女孩們這邊都聽得見！

「不然半掩好了？意思一下？」林詩倪提議著，其實她自己也不知道上得出來嗎？

唐家瑜點點頭，回身將門要帶上，這間廁所也挺寬敞的，門面對的牆面是鉤子，而吳雯茜在左邊深處一臉尷尬。

「妳怕的話……邊唱歌吧！」唐家瑜還想出了法子，「一邊唱歌或說話，醬子安心點？」

「噢，好……」吳雯茜覺得這是個好法子！

唐家瑜把門半掩，她找到的工具是把自動傘，擱在身後，刻意擋在門縫中，這樣就算門要關上，也會因爲傘卡住。

「唐家瑜，我想離開耶……」吳雯茜的聲音從裡面傳來，她居然在哽咽，「我不想待在這裡，妳會不會覺得我很沒義氣？」

唐家瑜一愣，第一時間是心虛的看向在門口的馮千靜跟林詩倪，吳雯茜說中的是她的心聲，她也嚇得要死，只要想到自己隨時可能會跟某間房間一起消失，就會嚇得想逃離這裡。

林詩倪留意到唐家瑜的眼神，趕緊別開，這場面眞夠僵的。

「不會。」馮千靜凝視著唐家瑜開口，「妳想走也可以走，這是人之常情，我也不想待。」

唐家瑜激動的看著馮千靜，「是、是嗎……」

「我一開始就沒想待過，我討厭都市傳說！遇過再多次我都討厭，我跟夏玄允他們是不一樣的，什麼都市傳說收集者！」馮千靜的口吻裡是帶著怒氣的，「結果現在毛穎德卻因爲狂熱份子而出事了！」

「馮千靜……」林詩倪不知道該怎麼安慰她，她能感受得出她是眞的怒不可遏。

「等等上完廁所就走吧，不需要勉強自己。」馮千靜深吸了一口氣，「我是一定會留下的，那是因爲我要找到毛穎德！」

唐家瑜緊捏著衣角，覺得聽見馮千靜這麼說，彷彿得到大赦一般，「謝謝……」

「這有什麼好謝的！本來就沒人規定一定要留下啊！」馮千靜覺得莞爾，若不是情非得已，正常人都會走吧？

對，夏玄允跟郭岳洋就是不正常，可惡！

斜對面的房間聽得一清二楚，夏玄允再度陷入低潮中，小靜果然很生氣……不，連他都氣自己，不怪小靜。

男生們速度向來很快，早就解決完畢，門口的陳睿彥也感受到氣氛的尷尬，但這件事除非毛穎德回來，否則終究難解……喀啦喀啦……他忽地向右看，這什麼聲音？

「吳雯茜！我們等等一起走！」唐家瑜揚聲說著，有件眞好！

浴室裡沒有迴音，但是一陣風卻從裡面吹了出來——廁所的門，眞的緩緩的往前飄了幾寸！

「喂！什麼聲音？」陳睿彥驀地大吼，「那是浴簾的聲音嗎？聲音好大！」

「浴簾？」林詩倪一怔，立刻看向廁所門口。

「妳站著！找人卡門！」馮千靜餘音未落立刻就往廁所去，唐家瑜詫異的看著走來的她，而唐家瑜的頭髮正飛揚——爲什麼浴室裡會有風？

咚！門板被風吹動，紮實的敲在她緊卡住的傘上！

「哇！」唐家瑜被這震動嚇了一跳，差點鬆開手！

馮千靜眼明手快的立刻把自己的銀桿把手插進門縫裡也卡著，還順道推開門——門一敞開，她們見到了自己映在鏡子裡的倒影！

「咦……咦！」回首的唐家瑜臉色唰白，看著鏡子裡的自己，「怎麼……鏡子怎麼會在這裡？鏡子應該在——」

她倏地向左看，鏡子原本跟門是同一邊，剛剛就在左手邊……一開門看見的該是掛鉤，掛鉤左邊是浴缸，浴簾本是收在右邊的，馬桶則在最左邊。

馮千靜走進廁所，一隻腳舉高抵著門，正對面的鏡子映著她帥氣十足的模樣，現在馬桶根本在門後，浴缸在左邊底間，與馬桶面對面，所謂的掛鉤，反而是跟門同一邊的左邊牆面。

「吳雯茜……吳雯茜怎麼了？」林淮喆站在門口大喊，「不是開著門嗎？」

唐家瑜全身劇烈顫抖，「門、門是開著的啊！」她尖叫起來，「我就站在門口！沒有關上！我的傘還卡在這裡！」

「門半掩的！眞的沒關上……」不敢移動腳步的林詩倪喊著，「我跟馮千靜都站在這裡，看得一清二楚！」

是，她們都在，但即使是半掩的門後，一間廁所還是消失了！

「什麼意思？」大柴焦急不已，「吳雯茜人呢？」

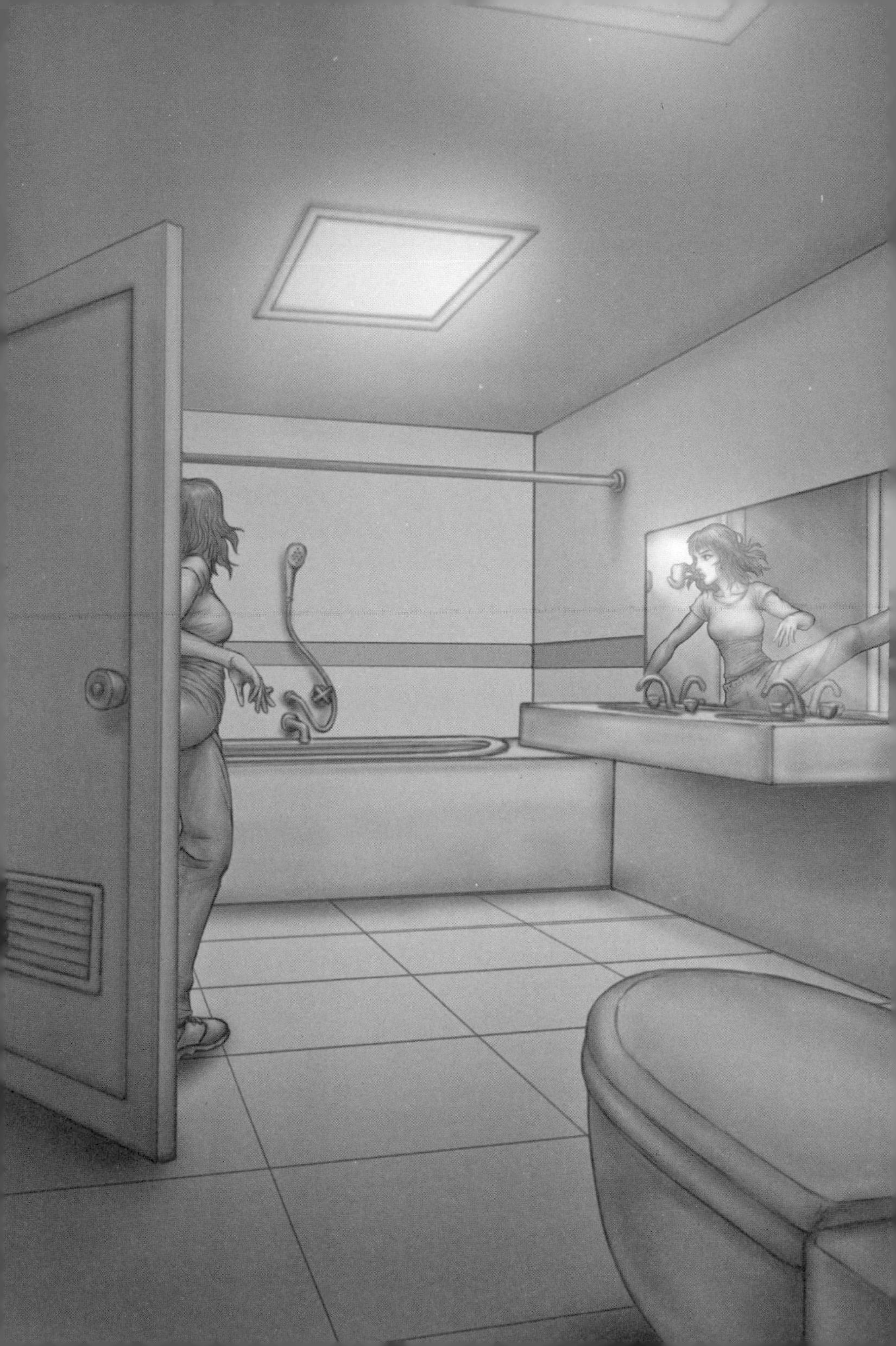

馮千靜看著空無一人的廁所，她沒有想過，這樣的空間與時間，也能讓一間廁所被取代。

「廁所也算……一間房間嗎？」擠到門口的夏玄允已經在思考其他事了，「門就算半掩，還是能更動？」

「所以這間廁所不是消失，是被更換！」郭岳洋立刻上前拉住陳睿彥，「你剛聽到什麼？爲什麼會提到浴簾？」

「我聽見浴簾晃動的聲音，上面那個吊環喀啦聲響，你們都沒聽見嗎？」他不可思議的喊著，「妳們就在這裡啊！」

「我們在聊天，沒有仔細聽！」林詩倪也有些哽咽，「不是故意的，我們沒有想到廁所也算一間房，我們以爲主要是整間房間！」

「吳雯茜呢!?」林淮喆再吼了一聲。

唐家瑜不支得跪軟在地，兩眼發直得說不出話，馮千靜旋身將她攙起，直接將她的手繞過頸下，把她攙出房外。

望著一臉緊張的林淮喆他們，她搖了搖頭。

「廁所都不見了，人……」如果人能存在，她也不必在這裡爲毛穎德心急了是吧？

「吳雯茜……怎麼會發生這種事!?」林淮喆一口氣差點上不來，「大家都在的啊！」

是啊，大家都在！

這麼多人眼皮底下，門甚至未曾關上，廁所還是這麼翻新了。

拿著椅子順利把門把撬掉後，打開門卻是一堵紮實的牆。

毛穎德嚴肅的面對眼前的牆壁，敲了幾下後，確定了是實心的磚牆或是水泥牆，並不是什麼木屋木板。

他不會想去拆掉那堵牆，這對他來說太辛苦了，明知不會成功的事情不需要浪費氣力；轉身往房間裡去，所有的牆壁上他都寫上了：「我目前活著」、「被關在房間裡」、「沒有其他人」、「窗户外也被封死」、「廁所裡沒有水」等等字樣。

他不知道馮千靜能不能看見，不過她會明白他這麼做的原因，說不定時空相連，有機會看見，過去也曾發生過一樣的事啊。

把椅子擱在空地，他慶幸自己的行李還沒有拿到客廳去集合，所以他有衣物，也有零食，冰箱裡還有泡麵，最幸運的是他進房時先煮了一壺熱水，趁著溫熱，他趕緊倒進了保溫瓶裡。

他自己另外有買兩瓶礦泉水，還能省著用，水龍頭已經扭不出水來了，整間房間宛如遺世獨立，到了某個神祕空間似的，只有這方體自己獨活。

他想過使用言靈，他具有一種很弱的能力，說的話能成眞，聽起來好像很威，但是能力總有大小強弱，就跟某個同學總說他家很有錢，但是就算擁有兩塊地兩台車五棟別墅，跟郭台銘還是不一樣的等級。

他的言靈二十四小時只能用一次、而且還只能用在生活上的瑣事，不能創造出什麼奇蹟，太難的不但不會實現還直接浪費掉二十四小時一次的扣達；所以只能在危急之際使用，他都必須愼重。

偏偏二十四小時又不是以十二點爲主，而是準確的在他使用後的二十四小時，所以他沒事不會亂用。

他坐上椅子，所幸現在還不餓不渴，晚餐吃多一點是有好處的，食物得省著吃，所以他只喝了一小口水。

望著半掩的房門及外面那堵牆，其實他可以試著說「回家」這樣簡單又生活化的言靈對吧？說不定能成功。

但是他必須慎重，連他都到這個鬼地方來了，他不知道另一邊的大家怎麼了？他的失蹤一定讓夏天他們嚇壞了，說不定還會慌了手腳，馮千靜鐵定不爽，這時就得希望郭岳洋能居中調節了。

別看他好像都跟著夏天在行動，郭岳洋其實很溫柔也很理智，他才能控制場面，是他們四個人中最圓滑的份子。

這間屋子就是都市傳說，不只是他這間房間，就他所知已經消失了三間或許是四間，他沒忘記稍早跑來亂的那位學姐。

所以，說不定其他人也會遭遇什麼，他不能貿然使用。

好幾次，都是靠言靈救了馮千靜的。

他深吸了一口氣，他相信夏天他們會使出渾身解數想辦法讓他離開的，他必須保留言靈的能力，以備不時之需。

至少現在，他人好好的，還不到最後關頭。

毛穎德忍不住笑了起來，他突然感念夏天與郭岳洋對都市傳說的瘋狂，迫使他遭逢了多次的危難，反而在現在這種狀況下能冷靜面對。

先睡一覺吧，其他的等醒來後再說吧！

第六章 物移易位

房間究竟是怎麼更換的？夏玄允滿腦子都在思考這個問題，門未曾緊閉，唐家瑜就站在門口，陳睿彥說聽見浴簾滑動的聲音……為什麼會滑動？浴簾要動必須有人拉，原本的浴簾收在右邊，所以有某個力量迫使它往左邊拉動。

是更換時移動的嗎？一牆一磚一景一物，自右向左替換掉，包括在裡面的吳雯茜？

連尖叫聲都沒聽到，那間有三個人，誰都沒聽見她的尖叫聲。

他想破腦子也不明白，他眞的好希望能親眼目睹。

所有人重新回到客廳，氣氛史無前例的低迷，後來女孩們還是解決了生理需求，這一次大敞開，一個人卡在門框上，兩隻眼盯著廁所，卻沒發生任何事。

唐家瑜哭得很慘，自責與恐懼同時加身，她原本要即刻離開，但不知為什麼還是留了下來；多半跟阿德烈的心態一樣，總覺得自己有責任，尤其吳雯茜是在她眼皮底下不見的。

「如果廁所也能算一間的話……」陳睿彥在大家平靜後出聲，「我想起晴學姐。」

「嗯？」夏玄允他們不是很明白，「誰？」

「下午到外面來鬧的那個嗎？你們說她精神狀態不穩定。」馮千靜不可能忘，「我們一開始就覺得她似乎是遇到了什麼。」

「她啊……她是學生會的，負責驗收我們這棟活動中心。」此時此刻，林淮喆有些沉重，「聽說她是跟另一個成員一起來驗收，但後來離開的只有她一個，她根本是奪門而出的，那天在操場的學生看見她瘋狂的尖叫，從裡面衝出來。」

「但是你們說她精神有問題？妄想症。」馮千靜對此非常不滿，如果大家早點看重那個學姊說的話，說不定一切都不會發生！

「她就怪怪的！」大柴即刻開口護航，「連醫生都說了，她精神錯亂，說話都沒章法！」

「遇到都市傳說之後，很少人能正常吧。」郭岳洋中肯的說，「唐家瑜，妳的感受最深刻吧？如果今天只是妳跟吳雯茜兩個人在這兒，她突然失蹤，浴室變了副模樣，妳能接受嗎？」

縮在沙發上的唐家瑜不發一語，她只是啜泣著不停搖著頭。

如果沒有之前發生的事，她只怕也會歇斯底里。

「總之，她們兩個很喜歡這間屋子，所以驗收兼拍照，在晴學姐手機裡找到很多照片。」陳睿彥繼續說，「她說，另一個靜雯學姐特地帶了件蘿莉風格的衣服，以搭配房間的設計，她進去廁所換衣服時，晴學姐便到陽台去拍照……」

然後，然後大家都知道了。

「也是單獨只有廁所不見嗎？」夏玄允有點激動。

「不是不見，是一樣換了一間。」林淮喆做出手勢，「她的連位置都換了，原本在左邊靠近陽台的廁所，跑到了右邊！」

「連位置都更動？」林詩倪顯得不可思議，「所以門口變化的意思嗎？跟吳雯茜那間不同？」

因爲吳雯茜那間的內部設計也完全不同，馬桶、浴缸、鏡子等等……也是某種程度的左右相調。

「不，是門口開不同邊。」林淮喆出示了掌心，「原本的門在靠窗戶的位子，她說她從陽台一進來，這裡變成牆，反而靠近房門那邊的牆壁多了道門……廁所變到那邊去了。」

郭岳洋即刻拿出本子振筆疾書，這意思根本是那面牆後的廁所消失又補上了。

「警方有去找過對吧？」馮千靜問著，她之前有聽唐家瑜提過。

「有，她鬧得很大，說了很多，但是根本沒有找到任何人……另一個學姐的手機跟袋子是留下來了，但人就這麼消失。」陳睿彥轉向阿德烈，「我有跟阿德烈提過，他曾以設計圖確定廁所位置不同，不過警方沒有找阿德烈問這件事。」

阿德烈一臉沮喪，「大家都不相信會有這種事吧？查看好幾遍，真的不一樣，只是……我無法確定建造時，有沒有被改變。」

「我保證過按照你的原設計，但是施工的是吳雯茜家，跟她提，她就不太高興。」陳睿彥略顯無奈，「她可能覺得事情無關緊要，爲什麼要找她麻煩，還得回去問吧！」

「所以之前就有出過事，只是大家不當一回事……每次都這樣啊！」夏玄允立刻轉向林詩倪跟阿杰，「可以麻煩你們嗎？」

在林淮喆他們都還丈二金剛摸不著頭腦之際，林詩倪跟阿杰同時跳起來，匆促的收拾自己的東西。

「我也去幫忙，他們一台車，我自己一台車，機動性比較高！」大頭也出聲。

「麻煩一下，我需要那個晴學姐的聯繫電話，另外我們會跟章警官聯繫。」林詩倪開始要資料了，她跟阿杰不僅是男女朋友，更是場外調查的第一人選！

「我想過去應該還有發生類似的情形，不管多少都試著找。」郭岳洋上前交代，「雖然是半夜，你們朝這幾個方向去問問好了！」

阿杰立刻點頭，又不安的看向馮千靜。

「我沒在怪你。」馮千靜頭也不回的說著，「對我來說，把他找回來才是重點。」

怪東怪西對事情沒有幫助，如果他們能幫助找到一些有用的資料，能帶毛穎德回來，那就沒什麼好計較的了。

「這是要去哪裡？」唐家瑜緊張心動的直起身子。

「我們要去找之前發生過事情的資料，還有去問那位學姐詳情。」阿杰接過了郭岳洋遞上的紙條，「消失的房間不只出現過一次，詭異點都得找出來。」

「不一定每條都有用，但只要一個有用就行了。」林詩倪揹上包包，就要跟阿杰離開，他們是騎機車來的，行動上相對方便許多。

唐家瑜絞著雙手，她想走……她也想逃離這裡，心裡不停吶喊，但是理智上卻會想起吳雯茜……因為吳雯茜就像因為她的疏忽而消失的，她如果就這樣逃了，只怕於心難安！

但是不走，自己又好害怕！

「小心一點。」馮千靜一路送他們出去，「請章叔聯繫這邊的管區，我們遲早需要警察幫忙。」

「妳才小心。」林詩倪用力握著她的手，「毛穎德會回來的。」

「嗯。」她點點頭，目送他們離開屋子，然後在那以灌木叢修剪成的花框下，看見了一株突兀的櫻花樹。

花框進來時兩旁是沒有樹的，這個她記得很清楚，因爲那棵樹完全阻礙了視線……櫻花樹啊，下意識往左邊望去，是毛穎德在意的那棵嗎？樹應該在左邊……嗯，四十五度角那個位置，這樣從櫃檯的落地窗望出去才剛剛好。

樹是在移動？還是跟著消失再出現？

馮千靜一直努力的深呼吸，壓制很想爆發的情緒，拜託給她一點線索，這該死的都市傳說，到底要怎麼讓消失的房間再度出現？增建的房間又是打哪兒來的？阿德烈可沒設計過這些房子啊！

onto回客廳時，大家都累了，所以馮千靜制定了輪班表；第一輪由她巡視，客廳則由林淮喆負責，陳睿彥也偷閒小憩片刻。

郭岳洋跟夏玄允都沒睡，他們到客廳僻靜的角落不停的討論、製表，想要理出一些頭緒，這段時間除了吳雯茜的廁所消失並被取代掉外，屋子的陳設沒有任何變化。

阿德烈也沒睡，他望著自己的設計圖，偶爾會掉落幾滴淚水；後來也跑去跟夏玄允他們討論。

唐家瑜太累了，哭盡後便昏沉沉睡去，大柴就坐在沙發下守護著她，她才能安心。

不過沒幾個人眞能熟睡，陳睿彥躺在地上望著天花板，思考著種種不可思議；林淮喆則靜靜的坐著，看著一屋子的人，他相信八成的人巴不得離開，但是被責任與道德緊緊束縛。

大家都知道，今天誰走了，未來將會被輕視一輩子，道德的標籤會貼在身上，永遠無法抹滅。

馮千靜從客廳走入，稍微看一下在裡面的人們，跟林淮喆四目相交時頷了首；凌晨一點，她有點餓，所以想到廚房找東西吃。

「怎麼？」林淮喆用嘴型說著。

「我想吃點東西。」馮千靜蹲在他身前，「掩護我一下。」

林淮喆即刻起身，跟在馮千靜身後，她眞的全身上下都是肌肉，健美而婀娜，相當好看的高挑身形。

「妳平常有在健身嗎？」林淮喆站在廚房門口，好奇的問。

馮千靜只是輕瞥他一眼，逕自拿了幾個麵包。

「爲什麼要刻意僞裝？」他繼續問，「假裝內向，用寬鬆的衣服遮著，還用頭髮遮掩。」

「因爲不想被現在這樣子問。」她乾脆的搭話，「每個人都會問，我煩！」

哇，眞直接！「對不起，妳說得對，我們都會好奇，因爲妳實在很帥！」

馮千靜喜歡這樣的讚美，勾起嘴角抱著幾個麵包往外走，拋扔一個給他，「謝了。」

她走出廚房便離開客廳，她本來就沒打算待在客廳裡，她要待在外面，聽見任何動靜聲響，才方便去踹門。

不過實在很掃興，馮千靜坐在樓梯上咬著麵包，這屋子彷彿也在睡覺似的，已經沒有任何聲響……或許是故意的吧？吳雯茜的廁所消失時，她們什麼也沒聽見。

喀——咚！二樓驀地傳來了聲音！

咦？客廳裡所有人如驚弓之鳥的或醒或是緊繃著身子，馮千靜已經大步衝上樓了。

她上二樓後，兩邊都有長廊，左右張望，聲音是哪裡來的？

咚——右邊！馮千靜即刻衝進右手邊的長廊，兩個小彎後，她緊急煞住步伐，因爲她眞的看見牆壁在動。

牆在移動，房間也向後推，她親眼看著一間又一間的房門往後退，房間裡傳來各式各樣複雜的聲音，似拖曳、似倒塌，總之重物砸地聲不斷，終至停止。

整條走廊靜謐，馮千靜站在原地不敢輕舉妄動，遠處的牆壁或是房門都已經穩固，震動與聲音跟著消失。

房間是往後延展的，所以感覺是在這條走廊增建了房間嗎？

她小心翼翼的往前，一步、再一步……身後傳來腳步聲，她趕緊回身，直到看見夏玄允的臉時，示意他暫緩、噤聲，噓！

夏玄允即刻向後傳遞訊息，安靜……大家都靜靜的待在原地就好。

馮千靜雙手緊緊握著把手銀桿，紮實的踏穩每一個步伐向前，因為好像有什麼聲音，來自左前方遠處的房間。

瞄向自己的左邊房門號，234、236……她再往前幾步，驀地某間房傳來了聲音。

咦？她嚇得瞪圓雙眼，有人在裡面？她加快了腳步往前，身子盡量靠向左側，238、240……她瞠目結舌的看著斜前方的房間，242？

「誰!?誰在外面!?」

可樂的房間？不是在傍晚時消失了嗎？

她低首看著那門把早已鬆脫，看來是遭受過破壞了，門並沒有卡上，而是透出一小個縫隙，裡面傳來隱約壓抑的低泣聲。

她不肯置信的往前伸長頸子，再隔壁還眞的是244！

「可樂？」馮千靜退後數步，不敢站在242房門口，做出防禦姿勢，不管衝出來的是什麼，她都能應付。

「咦？誰？誰？誰在外面？不！」242房裡眞的傳來極度驚恐的叫聲，「不要進來！我不知發生什麼事！我不知道！」

「可樂？是可樂？」大柴激動的推開前面一堆人大吼著，「那是可樂嗎？」

他們一窩蜂的全衝了上來，林淮喆爲首，用不可思議的眼神盯著馮千靜，她蹙起眉心，搖著頭表示不清楚是眞是假。

「是可樂嗎？」林淮喆開了口，「你、你出來！」

裡面有幾秒的靜默，然後馮千靜從門縫中看見有身影逼近，舉著銀桿更加戒備。

咿——242房門悄悄打開，一張慘白憔悴的臉戰戰兢兢的從門縫中露出，可樂早已哭紅了臉，全身正發抖，害怕的望向外面。

「我的天哪！」馮千靜一口氣差點上不來，眞的是個男生！

她哪認識誰是可樂，見過也不可能記得，但剛剛這間房根本不存在！

「可樂！是可樂！」陳睿彥上前一大步，簡直激動得喜極而泣，「可樂回來了！」

「陳睿彥！」可樂打開門，立刻丟下手裡的椅子，當場就跪軟在地，「哇……我不知道發生什麼事！我只是進來拿桌遊，我就出不去了！」

「回來了！回來就好！」林淮喆跟陳睿彥趕緊上前攙起他，大柴嫌他們慢，直接一把拎起了軟腳的可樂！

S大的「都市傳說社」歡天喜地的下樓，誰也沒料到，晚上才消失的可樂與242號房，竟會重新出現。

「不要快樂過頭！」郭岳洋不得不掃興，「大家還是要留意！」

陳睿彥朝他豎起大姆指，表示知道。

夏玄允推開了242的房門，看著裡頭的凌亂，地上有一整疊的桌遊，還有行李袋，另一個應該就是南瓜的東西吧！這房間的確就是消失的242號房，如今連人帶房的重新回到原來的位置。

郭岳洋揪著心往後面幾間查看，走廊恢復成原本的樣子，沒有任何不見的房間。

「消失的房間……回來了。」夏玄允喃喃說著，「剛剛這裡眞的是244的！」

「這才是原本的樣子，242對面是243。」阿德烈不會忘記自己設計的房號。

「屋子增建，242以後的房間都往後退，爲了插進242……不，是讓242回到原本的位置。」郭岳洋仔細觀察著，他也完全不敢置信，「我從沒聽過消失的房間會回來的！」

「它回來了。」馮千靜緊握著銀桿，「既然可樂回來了，就表示毛穎德可以回來！」

這對大家來說，無疑是一大喜訊！

消失的242回來了，那麼，毛穎德跟101也就能再次出現——現在要找的只是：爲什麼？

可樂哭著說他進房後的情況，搬好桌遊卻開不了門，甚至呼叫無人，落地窗外一片漆黑，陽台根本出不去，後來他決定破門，卻撞到了牆。

「陽台根本出不去，窗戶外面也是牆壁，我就像被封在一個水泥方塊裡，完全無路可逃！」可樂抽抽噎噎的說著，「手機跟電話當然都沒用，廁所裡沒有

水，安靜得嚇人，只剩我的迴音！」

被封住在四面牆中，與世隔絕嗎？

這個消息讓林淮喆等人覺得更加毛骨悚然，但一旁的夏玄允跟郭岳洋卻亮著雙眼，喜上眉梢。

「你們……為什麼在笑啊？」唐家瑜忍不住問著，「這到底有什麼好開心的!?」

「當然開心啊！」夏玄允笑彎了眼，「這表示跟著房間消失之後，人是平安的嘛！」

「對啊，好端端的不會受到任何傷害！」郭岳洋開心的看向馮千靜，「而且還是有回來的可能！」

坐在單人沙發椅上的馮千靜正交疊雙腿，勾起一邊嘴角。

是，這是她現在最放心的事，可樂毫髮無傷，房間裡也沒有其他會傷害他的人在，這就表示毛穎德應該也處在相同的地方，一個人關在房裡，靜靜的等待。

「現在是得找出回來的方法。」馮千靜俐落起身，「我再去看一次242，夏天、郭岳洋，你們快點找出線索。」

「沒問題！」郭岳洋興致勃勃，趕緊趨向可樂，「我們還有好多問題要問你！」

陳睿彥望著再度走出去的馮千靜，連忙追了上去！

「喂，馮千靜！馮千靜！」他嚷著，「妳要去242做什麼？那裡很危險啊！」

「危險？怎麼會？」她回首聳肩，「這棟房子哪裡不危險？根本到處都危險！」

「你不怕242號房再消失一次嗎？」陳睿彥緊皺著眉心，「至少也要找個人擋門吧！」

馮千靜只是笑笑，再度上了二樓，回到242號房。

她本來就沒有打算進去，而是站在門口端詳，不過既然有人跟來了，她可以放心一點。

手撫摸著牆面，完全沒有任何痕跡、移動、損害，每面牆都嶄新得驚人。

「四面都是牆，房間究竟去了哪裡？」她每一角度的觀察著，「可樂觸動了什麼，讓房間回到原址呢？」

「妳認爲是觸動了什麼嗎？」陳睿彥在門口沉思著，「我在想，會不會是某種規律？」

「嗯？」她狐疑的望向門口的他。

「就是房子消失的順序是有規律的，242會消失，但也會回來，說不定等等小賴白白他們就出現了，自西北角的廚房現身？」這是他聽著房屋在更動時想到的。

「如果是這樣，這個都市傳說就不會那麼令人不舒服了。」她不以為然，「消失的房間並沒有再出現過。」

除了她現在站著的這裡。

眞煩！她完全看不出所以然來，再到隔壁房間去，連一點擠壓的空間都沒有，彷彿這些房間本來就在這兒，渾然天成。

咚——咖！咚——房子又開始震動，聲響從樓下傳出！

毛穎德嗎？

這是他們房間的那條走廊！馮千靜即刻衝出房間，推開陳睿彥筆直往樓梯衝，連下樓梯都懶，拿扶手當滑梯的滑下後，火速繞到樓梯底下，左轉進入原本該是自己房間的走廊！

很遺憾的聲音不是來自第一間，而是更遠的地方，馮千靜先是歷經數秒的失望後，還是趕緊往前觀察。

砰砰砰！這次的聲音跟剛剛有些不同，之前是增建，有些雜音，這一次……

像是減屋，她眼睜睜看著走廊變短，最遠的房間似扭曲般的往前擠壓到前一間，兩扇門倏地化爲一道門，緊接著再往前擠扭，再往前……

馮千靜下意識的後退著，這次好多間消失啊！一口氣至少不見快十間房間！同時間，一樓另一邊又傳來了聲響，是西北角的方向！馮千靜焦急的回首，又急著要往那邊去！

「馮千靜！」林淮喆直接在走廊口堵住她，「妳不要急！大柴他們過去了！」

唐家瑜也來到客廳門口，左右張望著，大柴已經先去查探了！

「好大聲喔！」唐家瑜心驚膽戰的，「好像很多間似的！」

餘音未落，連二樓都傳來聲響，砰咚的巨大聲音同時在四處響起，整棟屋子開始震動，跟地震似的驚人！

啊！馮千靜想起了剛剛被她推開的人，「陳睿彥！」

「我在樓上！」陳睿彥的聲音傳來，他其實就站在樓梯口，「我沒事！」

夏玄允跟郭岳洋完全沒有聲音，當進入都市傳說的世界中時，他們就如入無人之境，應該正專心的抓著可樂問問題吧！

幾秒後……不，幾乎是幾分鐘後，屋子同時靜了下來，震動也不再。

所有人僵在原地，沒人吭聲，馮千靜不由得回首，看向走廊第一間101號房，再度握緊雙拳的走去。

「馮……」林淮喆本想喊住她，是唐家瑜搭上他的肩搖首。在剛剛的巨大變化後，馮千靜可能想看看101號房會不會有所變化，畢竟可樂是在上一次的增建中出現的。

呼，沒事的，門一開，毛穎德就會出現在她面前。

馮千靜這麼想著，扣著門把的手使勁到泛白，打開了房門——始終不是那簡約的木質紋路壁貼，但卻也不是適才的橘金風情，馮千靜有點錯愕，這是紫白條紋的維多利亞風格！

「這什麼……」她詫異極了，「房間又換了！」

一樣的101號房，或許沒人消失，但上一間房卻切實的又不見了！

「怎麼了嗎？」林淮喆趕緊過來，一見到裡面也傻了，「等等，剛剛是這個顏色嗎？」

「不是，房間又不見了，現在這是另一間。」馮千靜暗自讚嘆，「每扇門的背後，說不定有更多的房間在置換，這屋子隨時在變化，房間隨時都在消失……」

阿德烈也緊張的湊了過來，端詳著新的101，再次確認那不是出自他設計。

「糟糕了各位！」樓上傳來急促的腳步聲，「二樓的房間縮減了！」

林淮喆趕緊走出一樓走廊，小跑步出走廊，陳睿彥適巧下來，「什麼意思？哪邊縮減？」

「兩邊都縮，一口氣各減了六間！」陳睿彥比出左右的方向，「兩邊同時減去，現在二樓變窄了。」

「一樓也是！」大柴從一樓另一側走廊朗聲，「西北的廚房沒出現，卻少掉好多間！」

「咦？」馮千靜立刻回首看著她剛剛瞧見，「我們這邊也縮減了，屋子在縮編嗎？」

「同時減少？」林淮喆思考著，「一二樓房間數原本就不同，但是屋子需處於平衡，所以各邊都縮減。」

「等等……」唐家瑜哭笑不得，「這樣說來，這屋子開心的話，也可以只剩下客廳了嗎？」

所有人同時看著她，是啊！這可眞是好問題——只要屋子願意，的確可以對他們進行壓縮啊！

「我就說屋子對我們有敵意了！」馮千靜只覺得怒從中來，「越快找到毛穎德，越快離開越好！」

「它如果不爽，爲什麼會把可樂還給我們？」林淮喆不解。

「要就乾脆點！」馮千靜猛然重擊了牆面，「把所有人都還給我們！」

這陣斷吼嚇了大家一跳，不說她的聲音在屋子裡迴盪，連那一記搥牆似乎都可以聽見嗡嗡嗡的聲響在傳遞著。

夏玄允跟郭岳洋不知何時已經默默走出來，只是因爲客廳門口塞滿了人，所以他們是靜靜的站在唐家瑜身後的。

馮千靜那一記搥牆，發洩的是怒火，他們明白。

「如果是這樣，那我們速度得要快。」夏玄允心虛的聲音幽幽響起。

大家紛紛回身，看著在客廳裡的他們。

「可樂精神受創得嚴重，說話顚三倒四又語焉不詳，很難問出明確。」郭岳洋解釋著，「但是目前感受不到觸發點，因爲他消失後，只是一直坐在地上哭。」

如果哭泣就可以解除都市傳說，那每個遇上都市傳說的早就該回來了。

這個消息對馮千靜來說，眞是徹頭徹尾的沒用！

「觸發點有可能是我們這邊嗎？」陳睿彥提出別的見解，「有沒有可能我們做了什麼，然後讓房間回來？」

「都市傳說向來沒這麼好心。」馮千靜冷冷的回應著，「我不認爲都市傳說有什麼規律，但我同意有可能是我們觸發到什麼，讓房間不得不出現。」

「嗯，我們是這樣猜，得要碰觸到某個契機，房間才會再回來這裡。」夏玄允認眞的點頭。

「問題是你們沒發現這屋子的備用房間琳瑯滿目嗎？一直有我沒看過的房間出現！」阿德烈恐懼的出聲，「多到根本數不清，扣掉我設計的八十一間，說不定這屋子有八百多間我們不知道的房間等著替換，這些都是隨機的，怎麼辦？」

林淮喆看著阿德烈，眞是會潑冷水，但也說得實在，「我們給自己期限吧，大家都要努力想辦法，天一亮沒辦法找到他們，我們就離開報警。」

唐家瑜第一個點頭，大柴也贊成，陳睿彥低喃著說也只能這麼做，否則他們能幹什麼？

唯馮千靜別過頭，她盯著地板，誰都知道她的答案，她不會離開的。

「我會再研究的。」郭岳洋微笑著，用溫柔堅定的聲音說著，「我還沒統整完畢呢，等我釐清後、再加上林詩倪他們，一定可以整理出什麼。」

馮千靜回眸，劃上淡淡笑容，「謝謝。」

「在未明的情況下，我想繼續剛剛本來要做的事。」夏玄允提出了建議，「在吳雯茜失蹤前，我本來是想試著打開每道門的，就像……剛剛馮千靜做的一樣。」

「什麼？」她蹙眉，並不明白。

「妳剛剛是不是再次打開101，但是房間又變了？」夏玄允其實都有聽見，「我在想，如果每次開都不一樣的話，是不是有機會讓毛毛回來！」

大家一片靜默，這是一種詭異想法。

「我們不是瞎摸，有聽過類似的事件吧？像魔術一樣！」郭岳洋趕緊補充，「有時候一個箱子，開一次一個樣子……」

夏玄允指指就近的房間，「像假設我去開馮千靜的房間，現在開是一個樣、等等開是一個樣，會不會某次開，就變成廚房了？」

咦？所有人跟著陷入思考，「這有道理，畢竟廁所都能換位子不是嗎！吳雯茜的浴缸位子都能變。」

「晴學姐的連門開的位子都不一樣！」

大家紛紛想著例子，怎麼想都覺得可以試試！

「好，事不宜遲。」林淮喆即刻動員，「你剛剛有用鑰匙，我們不必吧？」

「啊用一下，我總覺得鑰匙也挺重要的，反正又不影響。」夏玄允還是覺得要假裝開個門，「麻煩陳睿彥拿鑰匙出來，讓大家分配著開吧……開門就好，人千萬不要進去。」

陳睿彥獲得林淮喆的同意後，到櫃檯下方去取出沉重的鑰匙箱，直接擱在了櫃檯上頭。

「大家開門時小心，盡量不要正面。」馮千靜提醒著，「我總覺得小心一點好。」

大家不約而同點頭，由阿德烈分配鑰匙跟區塊，只有他是連設計圖都不必看，就能知道房間位置的。

「唐家瑜留下來陪可樂吧？他會害怕，我看妳也很害怕。」林淮喆拿了鑰匙交代著，「其他由我們負責。」

唐家瑜用力點頭，她緊揪著衣袖，感念社長的安排。

郭岳洋也要留下來仔細研究目前記錄下的東西，剩下的人簡單分配，反正現在房間也少掉許多間了。

如果重複開門就能把毛穎德開回來，馮千靜打算開它一百次也甘願！

第七章 那間浴室

開門這個動作雖不需要進入房間，但不安與恐懼還是令人疑神疑鬼，每個人匆匆拿了鑰匙，插入門把後做個樣子迅速開啓，站得離門可遠了，眞怕開門後會看到什麼不該看的。

每開一道門，大家就分別又拍照，事實上明顯的有幾間房間確實默默的更動過了。

這樣的改變沒有意義……至少對馮千靜來說，她不明白這間屋子想要什麼。她當然爭著負責一樓，尤其是她跟毛穎德房間的那條走廊101到115的範圍，關上門、插進鑰匙，即使沒鎖她還是一樣開啓，但是房間沒有改變，那紫白條紋的壁紙依然礙眼。

「唉。」她重重嘆息，「毛穎德，你快點滾回來啊！」

「都試過一輪了，沒有什麼變化！」二樓傳來林淮喆的聲音，「其他消失的房間怎麼辦？我們要怎麼開？」

「也只能暫時放著了，沒有門也很難試啊！」大柴也是在二樓，「小賴他們的廚房剩下牆，有鑰匙也沒輒。」

馮千靜繞出樓梯底下，一路走到櫃檯前再回身抬首，一群人聚在二樓樓梯口談天，「現在剩幾間房？」

「我這邊只到245了！」大柴指著身後，「感覺眞詭異！」

「我們這邊到219。」阿德烈跟夏玄允一組，「連中間的小茶水間都消失了。」

「一樓這區只到了127。」陳睿彥自一樓另一端走出，「別說西北角廚房不在，我看房間都快沒了。」

「我這邊是到112，我敲過底牆，聽起來不像空心。」她緩步往二樓走上，「這很詭異，像是屋子把其他空間塡滿似的。」

「寧可塡滿也不願意放房間回來嗎？」夏玄允擰眉，屋子的心態還眞難懂。

「消失的房間有沒有可能在死路後面呢？」大柴甚是好奇，「我意思是，屋子會不會只是硬在中間隔一道牆而已？」

林淮喆笑著搖頭，「聲響這麼大，連我都覺得像是房子被拆掉的震撼，眞的橫出一道牆應該不會這麼激動吧！」

馮千靜拿出手機，心急的問林詩倪他們，是否有些什麼進展？

未讀未讀，他們可能正在忙，她只能告訴自己不要急，不要……唰啦啦……

喝！

馮千靜倏地停住腳步，往右斜後上方看去！

不只是她，所有人都聽見了，正在下樓的夏玄允直接倒退一階，重回二樓，聽著所謂「浴簾滑動」的聲響……唰啦啦，在一樓的陳睿彥聽不見，但他看得出來大家緊繃著，就知道有問題，躡起腳尖踩上樓梯，沒兩步，巨大的咚聲再度傳來！

砰！咚——乒！屋子些微震動，夏玄允不假思索的立刻往走廊衝去！

「夏天！」馮千靜跳了起來，急起直追。

兩個人一前一後的往上樓梯後左邊的廊道衝去，那邊是201到225，大柴還被推了向後，完全措手不及！

屋子在震動，馮千靜一邊跑一邊留意走廊末端，似乎沒有房間消失，所以聲音是從某間房間傳來的，天花板的灰塵又掉下些許，馮千靜只在意到底是哪間——「夏玄允！」

一個左彎，就看見夏玄允站在某扇門前，隻手握著門把！

這間？馮千靜看向房號，216，她伸手握住夏玄允欲開門的手，卻感受到門裡傳來的震動！

哇！她瞪大眼睛與夏玄允相望著，震動非常明顯，透過地板到門板，傳遞到他們手上！

「我來！」她右手握著銀桿，朝夏玄允搖頭，閃旁邊去啦！

只見夏玄允堆上微笑，冷不防的就轉開門把——「哪有每次都是妳——」

夏玄允！馮千靜感受到他轉動門把，立刻將銀桿擋在他面前，以防裡面有什麼東西衝出來——只不過，他們都想太多了，因為門沒打開。

「咦？」夏玄允使勁轉動門把，只有喀喀聲響，「鎖住了？」

馮千靜忍不住喉頭緊窒，「鎖……鎖住了？」

這怎麼可能？大家剛剛才結束重新開門的動作，從頭到尾門就是在未鎖的狀態下，開鎖只是一個形式罷了，況且開完後，誰會把門鎖上！

「這區誰負責的？」她輕聲問。

「我跟阿德烈啊！」連夏玄允都皺眉，「我們沒有鎖門啊！」

身後腳步聲至，震動聲已經停止了。

「這間嗎？」阿德烈跑到前面來，「216……天啦！」

「你剛有鎖門嗎？」馮千靜一見到阿德烈立刻問。

「嗄？」阿德烈一臉驚愕，「不，這幾乎都是夏天負責的……我們怎麼可能鎖門！」

夏玄允聞聲，手在門把上轉了轉，所有人都聽見那喀喀音——「為什麼門是鎖著的？」連陳睿彥都詫異極了。

餘音未落，啪嘰的聲響傳來，門框居然迸裂，馮千靜即刻拉著夏玄允離開門前，並且打橫手臂讓大家全部後退，就是不要站在這扇門前！

詭異的狀況大家全看在眼裡，剛剛夏玄允手還握在門把上的那扇門，在大家眼前逐漸龜裂、風化、從那嶄新美麗的淺褐色，一轉眼變成深咖啡色，門框的漆幾乎都脫落。

轉眼間，那變成一扇陳舊的門，歷經風霜與折騰，似乎一碰就會碎去。

「那扇門……看起來超舊的啊！」林淮喆低語著。

「連門把都生鏽了。」陳睿彥指著那本該是古銅色的門把，上頭鏽蝕得相當嚴重，脆弱到馮千靜覺得她隨便一推可能就能把門把卸下。

「我來吧。」大柴由後按住馮千靜的肩頭，這種情況不該讓女生擋在前面。

「讓她來吧！」夏玄允回身，輕輕的抵著大柴，「小靜沒問題的。」有的事不是力量大或大隻就有用，他選擇推開大家，給馮千靜一個足夠的空間反應，他相信的是馮千靜的敏捷。

馮千靜不是傻子，她背貼著牆，伸長左手去開門，右手的銀桿握得死緊，呈現防禦姿勢，左手的指尖延展、再延展，然後一如想像，她只是用中指往下扳，門就開了。

咿……門開啓並不困難，反而是打開的那瞬間，邊框又掉下了木屑。門腐朽得十分嚴重，隨便拿銀桿打一打，說不定還能卸下整扇門框，只是這般陳舊的房間，怎麼會出現在這裡？

使用銀桿，馮千靜把門再推開一點，年久失修的門推起來有些費力，發出軋軋的聲音，但終究還是推了開。

所有人的視線往房裡看去，儘管只有一小角，但還是可以看見裡面脫落泛黃的壁紙，還有翹起的木地板。

「地板是木頭的耶！」陳睿彥很是詫異，「我記得我們都是用貼的。」只是個集訓中心宿舍，又不是眞的蓋豪宅，所有的裝飾跟風格一律都是使用貼的方式，就算是毛穎德原本的木質房間，地板也是用木條紋地板貼。

「是、是啊……」阿德烈拼命點頭，「不可能是木地板！」

所以？這棟屋子會增建就算了，還用了這麼古老的建材？馮千靜往裡探頭瞥了眼，立刻被眼前的景象震撼了。

「哇塞……這是什麼啊？」

她直接站直身子，穩當的站在房門口，驚異的望著房裡的一切！

這不只是沒見過的風格，還是令人錯愕的景象，屋子裡的地板是切實的木地板，全部因風化、扭曲變形而翹起，壁紙盡數泛黃剝落，那在左邊牆壁靠牆的床架也是沒見過的短小，書桌跟椅子都因爲木頭腐朽而斷了一或兩隻腳，頹倒在破敗的地板上。

馮千靜直接走了進去，踩在會發出聲響的木地板上，嘎吱嘎吱，有些令人膽戰心驚。

「這是什麼時候的裝潢啊？」馮千靜穩當的踩在地上，看著那床那桌那椅，還有掛在衣帽架……是，是個傳統古老、衣帽架上的帽子與外套。

那是電影裡才看得到的大衣與帽子，令人吃驚的年代。

「已經有電話了，但好古老！」陳睿彥也跟著大膽步入，「這根本是有歷史的房間吧……」

伸手剝了垂落的壁紙，幾乎一碰就酥掉。

「風化了，都已經變硬。」夏玄允跟著走進，連天花板的燈都不是這個年代的，「阿德烈，這應該不是你設計的吧？」

站在門口的阿德烈啞然失聲，瞠目結舌的搖著頭。

林淮喆走了進來，大柴卡在門口，負責當擋門的關鍵，每個人每走一步地板就會發出嘎吱聲，聽起來有點可怕，深怕地板會突然破裂陷下。

「如果這是幾十年前的房間，那……」夏玄允幽幽說著，「感覺很不妙。」

走到桌前的馮千靜回眸，她明白夏天的意思。

「你說的好像是這間屋子在幾十年前就曾讓某間房間消失，然後現在把它重現在這裡？」林淮喆擰眉，「那這屋子就在某個……什麼用水泥塊封死的地方風化腐朽？」

夏玄允點點頭，小心翼翼的往廁所走去，廁所門也是半掩，損壞得也相當嚴重，門軸都已經脫落，所以整扇門是斜的。

「這不合理，屋子是剛蓋的啊！」門口的大柴首先發出問題，「這間屋子並不是在幾十年前就存在的吧？」

「對呀，這是我們蓋的，記得嗎？」陳睿彥嘴上這麼說，但心裡想的卻跟夏玄允一樣，「除非……」

除非？每個人都回頭等待下文。

「除非都市傳說是在世界各地跑的，不是只發生在這間屋子裡。」陳睿彥深吸了一口氣，「世界某個角落有房間消失，然後在這裡出現；我們這裡消失的房間，也可能在別的國家出現。」

都市傳說同時存在於各個地方，沒有起源沒有原因毫無邏輯，陳睿彥說的，並非不可能。

「所以，幾十年前被消失的房間，今時今日放在了這裡？」林淮喆抱著頭，「這好誇張，好難想像！」

「這是都市傳說，沒有什麼好難想像的。」馮千靜深吸了一口氣，皺起眉，「這房間味道眞差，如按照可樂說的，是被封在裡面多久了？」

她走向窗戶，想將窗戶打開，但是一看到裂開的窗框，只得小心翼翼。

「我看這年代好像很久了耶，」夏玄允的聲音從廁所裡傳來，「說不定有一百年了。」

「哇！」大柴忍不住笑了起來，「夏天好厲害，連一百年都說得出！」

夏玄允卡在浴室門邊，面有難色的回首，「不是我說的，是她。」

他伸直手，指向了浴室深處某個方向。

她？有人！

馮千靜倏地圓睜雙眼，立刻回身朝浴室走去，見到她的積極，林淮喆跟陳睿彥面面相覷，現在是怎麼回事？兩人也都走向浴室。

馮千靜直接進入浴室，立刻緊皺眉心，「天！」

「是怎麼……哇！」林淮喆一進來就看見，忍不住大叫，「那……」

「怎樣啦？」大柴看不見，現在一群人圍在廁所門口！

陳睿彥嚴肅回頭看向他們，「廁所裡……有一具骨骸。」

浴室舊式磁磚，大部分都已剝落，而在陳舊的馬桶邊，有一具是穿著長蓬裙的女性屍體，隻手還亙在馬桶邊，但早已是一具枯骨。

「我們眞的沒有很想遇到都市傳說啦！」

林詩倪很誠懇的在電話中解釋著，「章叔，這次眞的不只我們，這次是S大的問題！」

『唉，我已經不想說了。』章警官在電話那頭撫著太陽穴，看見「都市傳說社」的孩子打來，他就頭疼，『我已經拜託對方林叔了，你們要有禮貌。』

「我知道。」林詩倪點點頭，身邊的阿杰注意到有動靜，立刻起身，「林叔來了，章叔，那先這樣喔！」

章警官只能掛上電話，馮千靜又扯上什麼事了？她接下來可是有重大比賽，馮老都在怨他是不是沒好好盯著他女兒了，唉唉唉。

「那地是十年前被買下的，之前不是S大校地！」林叔是個花白頭髮的警官，人非常隨和，「買去後也是一直擱著，好像以後應該是要蓋什麼社舍，只是我沒想到他們先蓋宿舍啊？」

「也不算宿舍，就是一個社團訓練中心……簡易版，都是木造的。」阿杰避重就輕的說，因為他也不知道林淮喆他們到底有沒有按照法規走。

「我們去看過了，之前不是有個女生說屋子裡有人失蹤！」另一個警員工作到一半回首，「情緒很失控的說她同學在廁所裡不見了，還是原本的廁所不是廁所！」

「嗄？」林叔看起來聽不懂。

「很亂吧！我們也搞不清楚，反正去找了，那個女學生堅持原本的廁所本來在左邊，結果她一轉眼變成右邊。」警察聳了聳肩，很明顯這種說詞不會有人信。

如果不是輕眼所見或親身體驗，誰都無法相信這種事，更遑論這是都市傳說啊！

他們不是來說服別人相信都市傳說的，是來找相關訊息的。

「我們去找那個學姐了，她堅持廁所位子換了，換衣服的同學消失了。」林詩倪應和著，「之前有發生過類似的事情嗎？」

到警局前他們切實的聯繫到那位晴學姐，也表明了他們相信她說的話，學姐痛哭好一陣子，才說清楚那天發生的狀況；其實就跟吳雯茜一樣，只是他們還沒遇到直接改門口的情況。

跟學姐要了她們所待的房號後，就過來警局了。

「怎麼可能有那種事啦！我們去找過了就沒人啊！而且妳要是說以前的話……」林叔翻閱查找著過去的紀錄，「那裡沒發生過什麼事啊，也沒聽說誰失蹤！實在話，那間屋子好像很久以前就沒人住了……啊爲什麼沒人住啊？」

「那間屋子？」阿杰聽出詭異，「是我們那間嗎？才蓋好沒多久耶！」

「啊不是啦！那塊地被學校買走前，本來有另一間屋子，很大很漂亮喔，非常別致……不過因爲年久荒蕪，倒也沒什麼人靠近。」林叔莞爾，「你們也知道，廢屋廢地總是有一些穿鑿附會的傳說，很多都是錯覺，或是遊民在裡面暫棲，人們就以爲是好兄弟！」

林詩倪跟阿杰對看一眼，「等等，您是說那邊本來也有一棟屋子啊？」

「是啊！後來一場意外被火燒掉後，地主拋售，S大就買走了，剛好跟學校操場銜接！」林叔抽出一場火災的舊新聞，「看，那時還有上新聞，附近發生火災的情況不多！」

「不是說沒人住嗎!?啊，是不是遊民不小心點火或是做什麼引發的？」大頭看著泛黃的報紙，照片只見到一片火海。

「倒不是，調查結果裡面沒有人，但失火是從一樓的廚房裡開始的，也有可能是有人在裡面燒東西造成的，但那個年代……找不到人！」林叔搖搖頭，「不過因爲沒人傷亡，屋主也沒有要追究，就算了。」

「不追究啊，這麼好？」林詩倪挑了挑眉，「不過如果是意外，他可能也很難求償。」

「應該吧！老李家產這麼龐大，倒眞的不在意那棟廢屋……」林叔突然摘下眼鏡，「說得也怪，老李家這麼不喜歡那棟屋子，幹嘛不早拆了？」

「老李是？」大頭好奇的問，警官聽起來好像在講隔壁鄰居喔！「林叔連屋主都認得喔？」

「誰不知道！這附近多少地是他家的！就開鐘錶店那個老李啊！在自信街上！」林叔嘖嘖，語帶羨慕，「好野人，幾條街的地全是他家的呢！」

阿杰眼尾即刻瞄向大頭，他完全領會，默默的揹起包包……他得先去找老李。

林叔翻找著舊資料夾，一邊像在懷念過去的時光，突然翻到某頁時，頓了一頓。

「哎呀！」他看著資料本，還放橫了端詳，「我就說看著眼熟，果然沒錯！」

對面兩個學生心急如焚，卻又不敢表現出來，「怎麼了嗎？」

「你們剛給我看的那棟屋子，我說在哪裡看過咧！很像！像！」只見林叔把資料夾翻轉過來，讓林詩倪跟阿杰瞧個仔細，「看看，這是幾十年前的屋子照片，至少兩百年的房子囉！」

黑白又泛黃的照片裡，是棟雙層樓的莊園，盡是落地窗……外觀幾乎跟現在建立在那塊地上的S大「都市傳說社」活動中心，一模一樣！

三十年前付之一炬的房子，竟然在原址又重生了——這是屋子在改建的原因嗎？它想回到過去？

「這下面是什麼……**一八二三年**？」阿杰留意到照片下面寫的小字，「什麼意思？」

「這屋子是一八二三年蓋的，老李祖先後來在二十世紀初買下的，原本他們還住在那裡，在過去的年代怎麼樣都是貴族！好野人！」

林詩倪心裡涼了半截，火速拿出手機拍下照片，一八二三年落成的房子，在三十年前燒掉，現在又出現了！

爲什麼老李祖先們不敢住也不敢拆，媽呀，他們知道爲什麼啊！

誰要住在一個隨時有房間會消失的屋子裡啦！

所有人都聚集到了那陳舊的浴室裡，唐家瑜嚇得乾嘔遮眼奪門而出，她沒有想過會有屍體在消失的房間裡。

「這衣服很有年代了……眞的像西部片時女生穿的衣服。」郭岳洋仔細觀察著，「外面的電話跟傢俱也最少一百年了。」

「所以這是一百年前消失的房間……跟人？」林淮喆嚥了口口水，天哪！屍體都已經化成一堆白骨了。

「看著屋子裡的狀況，雖然被隔在某個不知名的空間裡封閉著，但時間是會流逝的。」陳睿彥以環境來推論，「東西會風化腐朽，人會死、也會腐爛……可樂能活著，表示感覺雖在水泥塊中，但卻有氧氣。」

「可是沒有水。」郭岳洋接口，走向破舊的洗手台，「可樂說他扭開過水龍頭，一滴水都沒有。」

他遲疑的伸手向那古老造型水龍頭，試著扭開。

一隻手更快的壓住他，林淮喆搖搖頭，「不要。」

一百多年前的管線，他不希望知道水龍頭打開後裡面有什麼。

馮千靜就蹲在屍體前，百感交集，房間會再回來，如果週期是一百年呢？消失的毛穎德一百年後……不，沒有水，他連七天都活不下去！

216房門口站著可樂跟唐家瑜，他們抱著雙臂不停顫抖，可樂低語問著：「我能不能走了？」

「所以這是哪裡的房間？當年消失後，再送來這間屋子嗎？」夏玄允就站在敞開的房門前問著，「可是如果是這樣……爲什麼門牌會一樣？」

門牌一樣？林淮喆好奇的回身，看著端詳房號牌的夏玄允，「你在說什麼？」

「你自己看啊！」夏玄允指向陳舊門上的橢圓牌子，「216。」

這間屋子的房號牌都是一樣的，橫橢圓形，橢圓形邊緣彩繪許多粉色玫瑰藤蔓，房號刻寫於正中間。

門牌即使與門同樣的經過歲月摧殘，質變出裂紋，顏色也變得不均，但還是認得出根本一模一樣。

「等等……」林淮喆趕緊繞到隔壁看，拍照比對，眞的一樣……怎會有這種事!?

屋裡的陳睿彥正大膽的試著翻找一碰即掉的抽屜，木頭都已爛掉，相當脆弱，這看起來就像間空屋，或者說與他們原本的目的類似，只是個旅館的感覺，一來抽屜裡沒有什麼物品，二來是櫃子上也都沒有擺放其他東西。

大柴有點粗魯的推開衣櫃門，結果門立刻就毀了。

「喂，大柴，輕一點！」陳睿彥回身唸著。

「我很輕了，是這門太不耐了！」大柴很無辜。

「百年的東西能要求什麼啦！」郭岳洋步出浴室，「裡面有什麼嗎？」

「有……有耶！」大柴指著露出的縫，「像是行李之類的！」

「嗯，我也覺得這裡與其說是住家，不如說像是旅館。」陳睿彥深表同意，他望著床有些遲疑。

馮千靜繞出來，站在浴室門口環顧四周，雖說東西敗壞年代久遠，但說眞的，這陳設跟原本他們認識的房間倒是沒有太大的違和感……就像他們今天見到的屋子，過一百年後或許就是這個模樣。

「這房間的擺設跟其他房間其實有點類似……」馮千靜踏出浴室外，「欸，陳睿彥，你不要靠近，我來。」

「嗄？」正要掀被的陳睿彥嚇得縮手，「突然出聲很嚇人耶！」

「我用把手掀，你退後。」馮千靜來到他身邊，直接把他往後拉，銀桿深入被子底下，「屏住呼吸喔！」

一瞬間房間裡的所有人紛紛掩鼻，唐家瑜甚至轉過身去背對著房間，可樂蹲在門口，頭都埋進膝間了！

灰塵果然飛散，不過被子底下沒有大家害怕的東西，或是另一具屍體，就是一般的被子，不過還有件被蟲蛀咬的睡衣。

大家依然掩著鼻，馮千靜拿銀桿揭開枕頭，在枕頭下發現了一條不會腐爛的鍊子。

陳睿彥上前拿過，「眞好，好不容易碰到一個不會壞的。」

「哈！」馮千靜輕笑，的確，這大概是這間房間裡，唯一碰觸不會爛掉或碎掉的東西了。

看起來是女生的項鍊，只怕是橫屍在廁所那堆白骨的，沒繫在頸子上，可能是她本來正打算洗澡……這些都是瞎猜，事實上看見她的右手卡在馬桶邊，她想到的是更可怕的事實。

例如，渴得要死的她，從馬桶裡希望能喝到令她活命的水，直到水喝盡……

在馬桶邊斷氣，直到一百年後，消失的房間重現天日爲止。

這時，腦海裡就會浮現毛穎德也趴在馬桶邊的景象，讓她更加難受。

LINE響起，她趕緊拿出手機，夏玄允他們都一樣的動作，這是久違期待的聲響，希望是林詩倪他們！

「這間屋子……不只一百年。」陳睿彥突然喃喃唸著。

「什麼？你怎麼知道？」馮千靜轉回看他。

「上面有寫。」陳睿彥遞出項鍊，那是個橢圓形的照片式項鍊，裡面擺了一對男女的黑白照片，右邊的蓋子刻著日期：**一八四〇年**。

她小心翼翼的接過照片項鍊，照片已經泛黃，甚至可能一碰就碎，但現在卻依然好好的躺在裡面，那應該是夫妻，女孩子穿著的服裝，與裡面那具屍體穿著的是同款。

「喂！你們不覺得怪嗎？」門口傳來林淮喆的呼喊聲，「這間一百年前的房間門牌，跟我們現在的房門牌一模一樣耶！」

「一模一樣？」唐家瑜有點不解，「怎麼……你說的好像是一百年前剛好有間房間……也是216？跟我們這棟中心一樣？」

郭岳洋正望著手機，詫異的看向同時抬頭的夏玄允，林詩倪傳來的照片，好像直接幫忙解答了。

「這是林詩倪傳來的，三十多年前，這裡就有一間這種莊園，後來發生火災燒毀，再後來才被你們學校買走。」夏玄允照著唸，「外觀太像了……這是屋子自己在整型，還是？」

「不只……房號牌一樣啊！」夏玄允轉身，身後就是剛發問的唐家瑜，「只怕連房子都一樣！」

什麼！林淮喆衝到夏玄允身邊看著他的手機，陳睿彥則探頭看向馮千靜的，大柴就近找郭岳洋分享，每個人都看見了林詩倪拍來的黑白照！

「所以是這間屋子在——」郭岳洋倒抽一口氣，「還是關鍵是門牌？它在找一樣門牌的房間？」

陳睿彥蹙眉，與馮千靜四目相交，他們有種血液迅速褪去的冰冷。

「只怕不是。」陳睿彥旋過腳跟，面對了門口，「這間屋子，一開始就建得跟當初那棟屋子一樣。」

他是處理設計圖的人，比誰都清楚！

馮千靜跟著回身，迎向郭岳洋狐疑的視線，「是啊，他中文爲什麼說得這麼好，他說過，他來這裡很久了……又如此堅持要留下，還說我們不懂他的想法，是啊！太難懂了！」什麼？郭岳洋頓時顫了一下身子，恍然大悟——該不會是……

「原本就故意設計得跟當年那間屋子一樣嗎？」夏玄允反應敏捷，「一樣的外型、一樣的陳設，內在陳設的確也很像，根本就是在複製這張照片裡的屋子！」

林淮喆覺得心涼了一半，他緊張的緊握衣角，緩緩的向左看向背靠牆，始終沒進來的阿德烈。

「阿德烈？」

「死了？」他低著頭，喃喃自語，「你們說裡面、裡面有具屍體……」

是，自從他聽見有屍體後，嚇得腳軟，或許不是因為驚嚇，而是更令人髮指的原因。

陳睿彥回身拿過馮千靜掌心裡躺著的照片項鍊，筆直走到門口，唰啦的晃給阿德烈看。

「這你認識吧？」

阿德烈顫巍巍的抬頭，只瞥了項鍊一眼，眼淚頓時奪眶而出！

「不！不不不！」他衝向陳睿彥，一把抓過那條項鍊，顫抖著手捧著那鍊墜，淚如雨下，「不——」

伴隨大吼，他粗魯的推開陳睿彥、擋在另一邊門口的唐家瑜，還絆到了可樂，踉蹌的直接往廁所奔去！

他一衝進廁所，郭岳洋緊張的趕緊跟上，就怕等會兒廁所又來場物換星移！

「Ann！」英文流利的爆出，接著是痛徹心扉的哭喊，「NO——」

語焉不詳的哭喊聲不斷，在浴室裡迴音陣陣，郭岳洋不忍瞧，他蹙著眉轉過身來，看著大家輕輕搖頭，現在不是誰能去打攪他的時候。

「裡面是他的戀人，他只是要去裝熱水，離開後她就消失了……他問她去了哪裡……」林淮喆接近著，直譯著裡面的嗚咽，英文真好！馮千靜就根本聽不懂，「我不該、不該……」

他的臉色陡然一僵，蒼白的頓住。

「不該燒了這棟房子。」

三十年前那場火災，是阿德烈燒的……所以——他是一八四〇年來的人？

第八章 愛

他們在盛夏的銀杏樹下舉行婚禮，簡單而溫馨，親友們均前來祝福，然後他利用工作之餘，請了假，跟她一起度過小小的蜜月。

玫瑰莊園是第三站，這是才建好的旅館，這是身爲設計師的他的得意之作，其建築典雅美麗，能在自己設計的屋子裡住上舒適的一晚，光想到就興奮。

那年夏天很熱，剛CHECK-IN後她滿身是汗，說想先洗澡；而他在房裡處理妥當後，決定下樓去找服務人員盛裝些熱水。在要出門前，他感到有些天旋地轉，原本站在床邊的他必須坐上床才感到舒適些，當時也沒有什麼特殊異狀；帶著水壺離開房間，走出去時，他有些錯愕，因爲走廊跟剛剛來時不太一樣，鮮豔的紅毯變得有些黯淡，牆上的壁紙顏色換了，許多地方變得陳舊。

那是白天，走廊上已經沒有點燈，再仔細觀察，發現處處是發霉的痕跡！

他既錯愕又驚恐，急著下樓找前台人員，但是才到樓梯邊就傻了，頹敗的樓梯就在眼前，木梯幾乎已經腐朽，最後幾階還殘破不堪。

「我好不容易才跳過那些階梯到達一樓，發現整棟屋子根本已經破敗多年……」阿德烈跪在馬桶邊，手裡捧著那頭骨低泣，「我驚慌失措，沒人回應我，我四處奔跑都找不到人，所以我焦急的衝回房間，要叫上Ann先逃離這棟屋子……」

豆大淚水滴在雪白頭顱上，他顫抖著。

「同時移動嗎？」夏玄允坐在浴缸邊緣，忍不住哇了聲，「你的房間消失時，浴室也同時消失，但卻不是一體移動的？」

「我在門外敲著，她沒有回應，我緊張的直接打開浴室的門，裡面卻空無一人……」阿德烈忍不住悲從中來，「我根本不知道浴室原本長怎樣，我知道裡面沒有人、她拿進去的東西，全部都不在！」

果然是同時消失，卻沒有一體。

在那一八四〇年的那天，216號房消失、216號房的廁所也消失，但是三十年前在這裡重現時，兩間房間並不是一起重現的。

「後來呢？我看房間東西都在，你沒帶走？」陳睿彥很好奇這點，衣櫃裡的行李依然存在。

「我慌了，我到處找，我甚至衝出了旅館，才發現就連院子都已雜草叢生，附近根本沒有人……我再衝回旅館裡——」他搖了搖頭，「等我再回到房間時，我卻發現，我的行李不見了。」

「咦？」馮千靜瞪大眼睛，「又消失了？」

「整間不見了，我房間的位置變成218，我的房間彷彿不曾存在過。」阿德烈說得絕望至極，「我覺得我一定是瘋了，我完全無法接受發生的事……後來我找到廚房，想找東西吃也沒有，然後不小心、我眞的不該碰那個桶子的！」

他不說大家都知道，林淮喆看手機上的照片，三十幾年前一場無名火，燒掉了原本在這裡的破舊宅邸。

「當時沒有傷亡，也沒人看見你逃出火場……」郭岳洋仔細問著，「你是什麼時候離開的？」

「廚房旁不是有後門嗎，火一燒起來我嚇得就奪門而出了。」阿德烈雙眼無神，「我用打火機點著蠟燭找東西吃，燒到了酒桶，我不該燒掉那間屋子，我明明知道整棟屋子是純木造，火星卻掉進了私酒裡……火勢一發不可收拾，我連回去的地方都沒有……就這樣什麼都沒了！」

然後，他就被迫留在這個陌生卻全新的年代。

夏玄允打量著阿德烈，說實在的，他看上去也是三十出頭的年紀，按照屋子焚燒的年代，他應該也要六十歲了。

「你的年紀沒有增長嗎？」夏玄允疑惑的問。

阿德烈抽口氣，悲傷的眼神望著他，「我不知道爲什麼，我一直停在三十二歲的模樣。」

「可能因爲你不屬於這個世界，你要回到房間裡才……」夏玄允說到一半自己又推翻，「不對啊，你已經回來了啊！」

三十年後，或者說一百多年後，216房與原本的浴室，再度結爲一體，出現在這裡。

「重建這間屋子，就是爲了想回去嗎？」陳睿彥介意的是這點，「你知道就是這樣造成都市傳說的嗎？」

「我要回去！我要回到我的年代！」阿德烈低吼著，「我一個人在這裡，費盡辛苦適應這裡的生活、學習這邊的語言，我還得每一個階段重新取得設計師的證照，我就是要把屋子蓋回來！」

唐家瑜由衷的覺得他好可憐，可是，失蹤的人更無辜啊！「你花了三十年的時間才蓋成嗎？」

「這種風格不是我們流行的，很少有人會想蓋這種類型的屋子吧！」大柴說的倒有理，「這次我也沒想到我們會走這種莊園風情！」

陳睿彥聽了覺得難受，「是我的錯，是我找到阿德烈，是我說服大家蓋這種屋子的。」

「跟你沒關係，你只是提議，大家共同通過。」林淮喆即刻開口，不希望陳睿彥把錯攬在自己身上。

建築的樣式，是很多人共同決議的，根本不是陳睿彥獨立能決定的事。

「這棟屋子我蓋過不只一次。」阿德烈幽幽說著，「這是第六棟。」

「咦？」夏玄允嚇到了，「六棟？天哪！你這是在幹嘛？製造六個會消失的房間耶！」

「這樣說有點奇怪吧？是他蓋的就會有都市傳說？還是蓋成這樣才會有？」馮千靜覺得這其中的關聯很詭異。

這句話問得大家一愣一愣的，天曉得啊！

「不，我蓋了六棟，只有這裡重現當年的情況！」阿德烈發著顫，死命做著深呼吸，「我一直蓋一直等，都沒有房間消失！我就知道、我就知道這些行不通的！說不定要蓋在原來的地方……我也研究過那個都市傳說，我跟Ann的事、這屋子在我來之前就因爲有傳言，所以才荒廢！所以我那時就知道，要在這裡！」

「原址重建嗎？」陳睿彥仰頭看著破敗的浴室，「竟然讓你等到了……」

「我等很久了，我做了所有努力，我跟你們學校提案過無數次都沒成功——」阿德烈望著陳睿彥，「直到跟你父親認識……」

陳睿彥擰著眉，用慍怒的眼神瞪著阿德烈，他有種被設計的感覺。

「所以你晚上來，是早知道屋子有問題對吧？」林淮喆冷冷的嘆息，「之前靜雯學姐失蹤的事你一定知道了。」

「我……不是故意要害任何人的，我只是想回去！想找到Ann！」阿德烈哽咽不已，「我知道你們集會時嚇了一跳，我也是擔心你們出事才過來的……我原本以爲一發生事情，你們就會離開的。」

然後他就可以獨守在這間屋子裡，慢慢的等待。

馮千靜眼尾瞥向了夏玄允，他們原本是想離開，正常人都不會想繼續待在一棟房間會消失的屋子裡的！

夏玄允不敢迎視馮千靜，心虛得低下頭，毛穎德的失蹤橫在他們兩個之間，他難辭其咎。

「好了，你現在找到你老婆了，恭喜！」馮千靜睨著阿德烈，「那我同學呢？」

阿德烈淚眼望向馮千靜，不發一語，只是低著頭緊緊把那堆乾骨擁入懷中……其他同學他哪能知道？他只知道他終於找到Ann了，可是，她已經化爲一堆白骨。

回來的可樂訴說狀況時，他整個人都傻了，如果被困在水泥塊內太久會不會出事？會不會死？他多希望在這裡等，就能讓Ann出現在某間房間裡，他們便能重逢……可是他沒有想過，她所在的浴室是回來了，但是卻是歷經了百年以上！

Ann在這裡一定很恐懼，被關在浴室裡，叫天天不應，叫地地不靈，她一定呼喊無數次他的名字，卻得不到他的回應，一個人待在這冰冷的浴室中，直到生命的最後一刻，在恐懼與絕望中嚥氣。這不是他希望的，爲什麼不能讓Ann跟他一樣，在那浴室消失後立刻出現在這裡!?爲什麼!?

馮千靜看著痛哭失聲的阿德烈，再苛責也沒用，他的確混帳的建立這棟明知能有都市傳說的房子，但是他無法主宰房間的出現與消失。

她扭身往外走去，夏玄允急忙站起。

「馮千靜……」

「有兩間房間回來了，這是好事。」她依然在忍耐內心的焦躁，「但是我不希望毛穎德回來時，也只剩一具屍體！」

砰——外頭突然傳來巨大震動與聲響，屋子又在更動了！

所有人立刻緊張的衝出216號房，感受著聲響是從何而來……林淮喆站在門口看向右手邊的牆面，震波從那個方向傳來，屋子在尾端不知道做些什麼。

「房間剩沒幾間了，又在收嗎?」陳睿彥趕緊到對面215的方向眺著，「好像增建……沒有牆壁消失。」

因爲有彎道，他看得不清楚，但如果房間消失會很明顯，牆會咻地像被收進袋子裡般不見。

「……我要離開！我說真的！」唐家瑜再也受不了了，「我現在就要回家了，我不要再待在這裡！」

「我也是！」可樂倏地站起，「我一刻也不想再待在這裡！」

都走吧，馮千靜不在意，她專注的看著房子的變化，不明白這間屋子究竟想幹嘛……不，都市傳說到底在做什麼？

咚磅！冷不防的，竟然另一邊也傳來震動，而且離他們非常的近！

「兩邊夾擊嗎？」大柴說得令人膽戰心驚。

「是樓梯……樓梯那邊傳來的！」陳睿彥隱約的能瞧見一點端倪，「樓梯也要搞消失嗎？」

「才二樓，大不了用跳的吧！」夏玄允倒是不怎麼在意。

「我不！我要離開！」唐家瑜突然似箭矢般，咻地就衝了出去！

「唐家瑜！」林淮喆嚇了一跳，「不要衝動！」

大柴緊接著追出去，大家都聽得見某種移動的咻咻聲，還有樓梯似乎喀啦喀噠喀噠增減的聲響。郭岳洋擔憂的不小心瞥了馮千靜一眼，她無奈的嘆口氣，轉身就緊追著大柴身後去了。

「我去看那邊。」陳睿彥緊握飽拳，往反方向去探查剛剛屋子在尾端變化了些什麼。

而打算衝向一樓的唐家瑜慌亂不已，可樂還一馬當先的衝到她前面，他們都太過慌張了，導致一衝出走廊後根本完全煞不住車！

尤其，在樓梯消失的狀態下！

「哇啊啊——」唐家瑜攔腰撞上欄杆，整個人就因爲衝力往前翻滾出去！緊急趕到的大柴及時一手扳住欄杆，一手抓住了她！

啊！唐家瑜被及時抓住，人就吊在半空中，輕微撞擊到牆，隻手被大柴緊緊握住，她嚇得趕緊反手握住他。

「怎……」馮千靜趕到，只見大柴握著欄杆拉住唐家瑜，而可樂反而是因爲急煞導致滑倒，竟一路往前不穩的滾到「新樓梯」的下方！

這邊改變並不大，只在上樓的這個玄關處，樓梯從門的左邊平移到右邊而已！所以原本想從原樓梯衝下樓的唐家瑜因爲衝力過大翻過去，而可樂竟直接滑衝，反而撲了個空一路滾了下去，以趴姿呈頭下腳上的落在樓梯最尾端。

「哎唷！」可樂撐起身子，唉唉叫著，「樓梯怎麼跑到這裡來了……」

唉，這麼一來，樓梯變成在客廳門口上方了，櫃檯也被推擠到……嗯馮千靜往前走著，櫃檯與門本在同一平面，距離樓梯該有段距離的，樓梯就算平行位移也不該會撞著櫃檯啊！

「樓梯也增設了嗎？變長了。」看起來像是多了幾階。

「好像……幫我一下！」大柴求救著，因爲拉住唐家瑜的姿勢不太ＯＫ，他沒辦法使力。

而且唐家瑜比看起來重太多了啦！

馮千靜立刻趨前幫忙，來到大柴右邊，向唐家瑜討另一隻手，「伸過來給我！」

她掉得有點下面，大柴眞的算是千鈞一髮拉住她的……不過話說回來，這也才兩層樓，摔下去好像也還好？

夏玄允跟郭岳洋他們都趕過來了，陳睿彥在說另一邊又跑出三間房間，其餘沒什麼大變化。

喀！才出來的夏玄允突然聽見了什麼聲音。

喀咚！聲音更清脆了些，來自於樓梯下方！還趴在樓梯上的可樂一愣一愣的，望著正前方的樓梯尾端最後一階，跟紙折疊一樣，在他面前折進地底，消失了!?

「上——上來！」夏玄允立刻扯開嗓子喊著，「可樂你快離開那裡！」

「咦？」可樂根本反應不過來，倒數第二階倏地又折進去了，速度比剛剛快了好幾倍！

「可樂！」林淮喆即刻往樓梯下衝，要去幫忙！

於此同時，大柴突然整個人往下失去重心，因爲他全身力量都靠著的欄杆竟然消失了！「哇！」

大柴整個人直接往前掉下去，等於是拉著唐家瑜一起往下摔，馮千靜飛快的鬆開唐家瑜的手，及時拉住了大柴！

她剛身體撐著的欄杆也消失了，是因爲大柴先重心不穩，她才能有所準備，即刻彎身蹲低重心，及時扯住大柴的衣服；郭岳洋趕緊上前由後環住馮千靜的腰，她翻了白眼，這時候要去幫忙拉大柴的手才對啊！

而大柴另一手拉著的唐家瑜因慌亂而不停扭動，他低首一瞧立刻鬆手，「哇哇——」

唐家瑜離地也沒幾公分了，就算摔下去根本毫無大礙！他抬起頭，要馮千靜放開他，他直接跳下去就好了。

「哇！」此時左手邊的尖叫聲來自陳睿彥，林淮喆走到一半，樓梯瞬間搖動，他踉蹌倒地。

而可樂這才慌張的倒退往後爬，看著收起的階梯咻咻地往上火速折疊消失！

「可樂！」跌坐的林淮喆驚恐的大喊著，看樓梯收到了可樂前一階——噗磯！

收起的樓梯連同可樂撐著地面的雙手一起消失了！

「哇——」可樂雙手頓時無蹤，鮮血飛濺，他慘叫著趴跌上樓梯，啪的又一階消失，這次帶走了可樂著地的頭！

他連慘叫聲都來不及發，在他上方幾階的林淮喆完全呆晌，腦袋一片空白……陳睿彥則顫抖著說不出話，而夏玄允在這之前兩秒鐘，早已衝向了郭岳洋。

「走開！」夏玄允一把推開郭岳洋，然後由後環抱住馮千靜，「小靜，放手！」

「什麼……」她完全錯愕，只看見夏玄允火速蹲在她身邊，一把將她拉住大柴的手向上扯，「你幹——」

咻——左邊的樓梯，瞬間平移回到了右邊。

就差那麼幾寸，馮千靜的手是在樓梯回來的範圍之內……夏玄允緊緊握住她的手腕，全身劇烈的發抖，他們看著眼前重回本位的樓梯，樓梯上還坐著呆若木

雞的林淮喆，還有樓梯尾端那個胸口以上已經消失的可樂。

啪！跌坐在一樓地板的唐家瑜，親眼看著樓梯從她左手邊一秒回到本位，然後原本在上面的大柴啪的掉在她眼前。

只有下半身。

「哇呀——呀呀呀——」

從可樂摔到樓梯下、直到樓梯回到本位，只有不到十秒的光景，陳睿彥甚至想回憶所有細節都有困難，他只記得自己趕到樓梯口，然後……林淮喆已經下樓了，樓梯突然晃動，緊接著可樂雙手消失，下一秒樓梯突然從眼前移到原本的位子，不見的欄杆他也不記得是什麼時候長出來的。

大柴也是連慘叫的機會都沒有，在樓梯回到原來的位子時，他的上半身便消失了！怎麼不見的，誰也沒看見，因爲他是吊在二樓地板以下的空間。

唐家瑜完全嚇暈，被放在客廳的長沙發上，囈語連連卻沒有轉醒的跡象，大柴的下半身與可樂胸口以下的部分他們搬到了樓梯底下的空間，覆上一塊拆下的窗簾布。

郭岳洋跟夏玄允爲大家泡了熱巧克力，希望能鎮定大家恐懼的心情。事實上不能。

「我不知道，有半身消失這種事……」眼睜睜看著可樂逐漸消失的林淮喆，受到極大的打擊，「他就這樣……」

「沒人知道……消失的應該是房間，那整個空間才對。」陳睿彥抱著雙膝，頹然的坐在地上，「樓梯變少階了，每一階卻變寬，否則可樂不會、不會……」

「我就說屋子對我們不太爽。」馮千靜捧著熱可可，她的心情也尚未全然恢復，「這是故意的，完全針對性的做法。」

不管可樂或是大柴……也或許目標是唐家瑜，不，誰都無所謂，消失的房間原本就是希望帶走某人。

這種消失，就算再回來，也換不回一條命啊！

「這就是……都市傳說嗎？」林淮喆精神恍惚的看向馮千靜，換來她肯定的點頭。

這就是都市傳說！多少人遇到總是凶多吉手……被裂嘴女割開喉嚨的女孩、被隙間女拉進縫隙裡的人、跟娃娃一起玩捉迷藏的人們、只是去買件衣服就被拖進試衣間裡的男女，多少人不是丟了命，就是至此人間蒸發！

所以，她討厭都市傳說……她真的無法有夏天他們的狂熱！

尤其現在、現在連毛穎德都變成都市傳說的犧牲品了！

馮千靜有點想哭，她緊握著杯子的指節都用力到泛白，她不讓自己情緒崩塌，是因為還有很多事要做，不能讓大喜大悲影響自己。

站在擂台上時必須專心一致，擂台就是這間屋子，敵手也是這間屋子，她一定要贏，獎品便是毛穎德。

即使，她已經有心理準備，覺得這次似乎……不一定有樂觀的結果。

郭岳洋跟夏玄允從外頭走進來，他們剛剛去做實地調查，還順便去了趟洗手間，調查剛剛的變化，從增建的房間開始，乃至於消失的樓梯，還有消失的人體。

「樓梯少了整整五階，每階都增加了寬度。」郭岳洋走進來時直接報告，「可樂跟大柴他們消失的切口都非常平整。」

一個是跟著樓梯一起不見，一個是整座樓梯貼牆的部分，自然平整。

「連樓梯都會消失……」林淮喆又嘆了口氣，「等等說不定連沙發都會！」

「沙發可能不會，因為它是傢俱。」夏玄允認真的回答著，「樓梯卻是這屋子的一部分。」

這麼說來，門窗也是屋子的一部分嗎？馮千靜看著眼前的落地窗，窗子要變牆也不是不可能，這間屋子想把他們困到死，似乎根本輕而易舉。

「那傢伙呢？」馮千靜問的是阿德烈。

「他還待在那間浴室裡，還要我們把浴室門跟房間門都關上。」夏玄允有點不太高興，「他希望可以消失的樣子。」

「眞的消失也不一定會回到過去的年代，說不定他就跟著妻子一起腐爛。」就是個活生生的例子，被關在浴室裡直到死亡爲止。

「樓上還有什麼變化嗎？」陳睿彥關切的問。

「增加的三間房間是跟我們一開始的一樣，沒有太多變化，其他幾乎都沒變。」夏玄允搖搖頭，「我剛原本要挑247上廁所，但是那間房已經不見了！只好隨便找一間。」

「找247做什麼？」馮千靜不解，「這還要挑？後面的房間有比較安全嗎？」

「247……」林淮喆出了聲，「是靜雯學姐失蹤的房間。」學生會的學姐，她們那時是待在247號房。

「你很故意耶！」馮千靜倒是很不爽的瞪向夏玄允，「萬一出事怎麼辦？」

「不一定發生過事情的地方才會出事啦……我只是想去看看。」夏玄允劃上微笑，「妳在擔心我嗎？」

馮千靜一秒撇頭，「沒有。」

口是心非。已經開始整理筆記的郭岳洋抬起頭，知道小靜其實還是擔心他們，只是毛毛的消失讓她怒不可遏。

郭岳洋搬著筆記本找僻靜角落去，短時間內發生太多事了，他必須重新整理，尤其現在回來的房間可不只一間啊！

林詩倪他們後來也沒有新的消息，討論過後也決定暫時不要把這邊出事的事告訴他們；大頭跑去找地主談了，關於那棟燒毀的屋子之前是否發生過什麼事？

正如阿德烈所說，當他抵達這裡時，原屋子已是廢墟。

「大家休息一下吧！」馮千靜放下馬克杯起身，「我去外面看看。」

夏玄允望著她，默默點頭，不敢多說太多。

馮千靜再次回到101號房，屋子越來越小，又開始刻意針對他們幾個，離開才是上策，或許是跟三十年前一樣，把屋子放在這邊爛，或許就這樣期待有一天，毛穎德會從這邊走出來。

緊握住門把，她闔上雙眼，「毛穎德的101回來吧！」默唸後她打開了門。

紫白相間條紋，沒有更動的房間，為她帶來的只是失望。

「我眞的不想放棄！」她緊握著門把，說得痛苦。

她一點都不希望，毛穎德變成都市傳說的一部分！

緩緩關上房門，她難受的靠在門板輕敲，拜託你快點回來，快點還給我那間101……馮千靜突然一頓，她聽見什麼了！

仰起頭，不由得皺眉，爲什麼有股味道飄散而出？

她走到樓梯下，端詳著下方的兩具屍體，才剛死怎麼會有腐臭味？死夠久的Ann也已爛到只剩白骨，剛剛在房間裡臭味也不這麼明顯啊！

繞出樓梯底下，味道從二樓傳來的……她躡手躡腳的繞進客廳，夏玄允不可能睡，她一走近便注意到了，馮千靜在門口勾手指叫他出來。

「你去我沒關係。」郭岳洋輕聲說著，其他人都在休息。

夏玄允頷首，趕緊到馮千靜身邊，一走出客廳他就皺眉了，「好臭！」

「對吧，超噁的！等等大家應該會被薰醒。」馮千靜往樓上走去，味道難聞得令人想掩鼻，「我聽見樓上有聲音，很輕微，但是好像有動靜。」

「這味道就出來了嗎？」夏玄允吐著舌，這個臭味眞的很不尋常，是腐爛的味道。

「嗯，我搞不清楚聲音是從哪邊出來的，不過……」站在樓梯口的他們遲疑著，夏玄允卻準確的再往左邊去，「夏玄允！」

「這邊。」他極爲肯定，味道從這裡飄過來的。

越走下去味道越臭，樓下也開始傳出「幹！好臭」的聲音，果然大家都醒了。

他們循著味道找尋，夏玄允有點遲疑，最後突然停在某間房間前，「不會吧？這麼巧？」

「什麼……」馮千靜已經完全掩鼻了。

「我剛剛才在這間廁所啊！」夏玄允很是疑惑，「我又沒大便！」

「這哪是大便的味道！要眞的是你就該去看醫生了！」馮千靜一把將他推開，速戰速決，轉開門把，將門推開——咻！

房門敞開，裡面一如往常的乾淨正常，但臭味的確特別濃厚，已經逼得人得把衣服撩起來全然遮去口鼻了，噁！

他們只有兩個人，所以夏玄允站在房門口，由馮千靜進入探查，陳睿彥跟林淮喆也跟著跑上來了，「這哪裡來的？嘔！」

夏玄允朝他們招手，兩個男生往他身邊靠近，「馬的！這裡味道更重！」

「這不只是東西爛掉的味道吧！」林淮喆打開天窗說亮話。

馮千靜小心翼翼的貼著牆把廁所門打開，門一開，刺鼻的臭味直接大量湧出——「嘔！」

內外都是乾嘔聲，馮千靜直接屏住呼吸，往裡頭探了一眼。

「天！」她二話不說，掩著口鼻轉頭往房外奔出！「啊——啊啊啊！」

這是一種發洩情緒的尖叫聲，夏玄允還沒看過這樣的馮千靜，那吼叫聲裡藏著絕對的不滿與忿怒！

「什麼啊？」陳睿彥擰著眉就要進去。

「不要進去！裡面是屍體！」馮千靜趕緊回身大喊，「正在爛，地上是屍水跟蛆！」

陳睿彥被嚇得止步，視線所及眞的看見有好幾條蛆一扭一扭的從他面前橫過去……腐屍！

他驚訝踉蹌，跟著衝出房間！

「爲什麼會有屍體!?」林淮喆驚恐的喊著，「一個已經夠了，現在這個是……207？207有消失過嗎？」

大家拼命搖頭，只想著該怎樣消味啊！

「怎麼回事？」樓下的郭岳洋大喊著，他不敢離開，因爲唐家瑜還在裡面昏迷中。

「沒事，你在樓下待著！」馮千靜高聲回應，沒事才怪，天哪！

夏玄允遲疑著，看著大家都因爲過度的臭味而打顫，他還是想去看一眼，就一眼……至少得拍張照吧！

「我去看一下。」夏玄允撂下這麼一句，逕自朝前走去。

「夏天！」馮千靜轉身就扣住他，「就跟你說……」

「還是要去看個清楚，不然不知道發生什麼事……」夏玄允也很忍耐，拍拍馮千靜的手，帶著手機靠近浴室。

一秒，只看一秒。

夏玄允伸頭進去看，直接傻在那兒，腐爛中的屍體眞是世紀無敵噁心，爛到一半的肉泥，腐肉與屍水溢流，蛆蟲到處都是，地上還有許多死掉的蒼蠅。

他還是屏住呼吸的趕緊拍了幾張照片，火速的把門關上。

「呼……」他急匆匆的把大家全部推出房間，既然臭味會飄散，能關上的門就關上吧！

大家聚集在走廊上，這時就會很佩服阿德烈，他很堅持的跟妻子繼續待在那兒……說眞的，浴室管線如果是通的，他應該聞得更清楚吧？

「說不定等等就好了。」林淮喆還在安慰大家，「入芝蘭之室，久聞不得其香！」

「噁爛死了！」馮千靜邊說又打了個顫。

「那是不是學生會的學姐啊？」夏玄允捏著鼻子，鼻音超重，「她身上穿著蘿莉系的衣服耶！」

咦咦？大家驚愕的看向他，陳睿彥跟林淮喆都沒進去，根本不知道屍體長怎樣，馮千靜是有看見，只是她只看到糜爛的屍體，哪會去注意她身上穿什麼！有穿也都被血水浸爛了好嗎！

「我剛有拍……」夏玄允搖著手機。

「不不不不必客氣，你自己看。」林淮喆連忙婉拒，「蘿莉衣就蘿莉衣……學姐失蹤多久？」

「差不多一個月前的事……」陳睿彥蹙起眉，「時間好像差不多。」

此地不宜久留，他們簡直是逃離二樓的，一路逃回到客廳去！如果可以，眞希望把客廳的對開門都給關上，看能不能再減少些腐臭味。

後來看照片的只有郭岳洋，他眉頭都皺出紋路來，很煎熬的看完，放下手機的手還在微抖。

「是那個學姐吧，說換蕾絲花邊衣服的。」郭岳洋也這麼認爲，「而且她是在浴室消失，也就是說那間浴室回來了。」

「她們不是在247嗎？」馮千靜挑了眉。

「這根本天差地遠……」林淮喆撫著頭，很不情願的發現似乎眞的逐漸習慣那股臭味了，「夏天還有看見什麼嗎？」

「她看起來很瘦，也……趴在馬桶上。」夏玄允不必看照片都已記下，「地上還有另一件衣服。」

「轉給我……截圖轉給林詩倪他們看，請那個學姐確認一下。」馮千靜計算著，「失蹤一個月的確應該是死了，不管是渴死還是餓死……消失在247浴室，卻出現在207……」

「又一間房間回來了。」郭岳洋口吻飛揚的寫著，他看重的是這一點。可樂、216的廁所與浴室回到原來的位置，而那個失蹤學姐的浴室也從247回到207。不管怎麼說，房間有回來都是好消息……只是時間有點漫長。

郭岳洋仔細的列出每間房間回來前發生的所有事情，已經有三個樣本，絕對可以找到蛛絲馬跡……他開始陷入沉思，一個人的世界中；夏玄允悄悄朝大家比了個噓，這時千萬不要吵洋洋。

讓他專心找出可以帶回毛毛的方法。

馮千靜拿過已經冷掉的熱可可，煩人的是現在不管是什麼美食，她聞起來都是腐屍味。

「咦？」郭岳洋突然出了聲，用很困惑的眼神看著自己的統整表。

沒人敢多做反應，只是看著他。

「怎麼會……」他自言自語的，換另一支顏色的筆，在本子上點來點去，最後還畫上個圈，「不可能啊……」

在黃燈下的清秀臉龐帶著疑惑與驚愕，抬起頭看向夏玄允。

「怎麼了？你發現什麼了嗎？」夏玄允跪坐在沙發上，探頭去看他寫的統整表。

「房間回來前有一個共通點……」郭岳洋緩緩瞥向馮千靜，帶著點不安。

「共通點？有共通點就是希望！」馮千靜跳了起來，直接朝他身邊去，「什麼東西!?你快說啊！」

只見郭岳洋遲疑的舉起手，伸長的食指指向了夏玄允。

「嗯？」看著指在鼻尖的手，夏玄允有點錯愕，「什麼啦？」

「共通點就是夏天。」郭岳洋用力嚥了口口水，「最後開關門的都是他。」

第九章

The Key Man

最後開啓242號房的是夏玄允。

那是他第一次跟陳睿彥借鑰匙，他說想試試開門關門的方法，說不定每一次開會不一樣，但後來發生而中斷；不過他那時開的是244，他自己說把244當成242來開。

216號房，是第二次大家集體試鑰匙的時候，二樓上去樓梯左邊那區，201到231號房是由他、夏天及阿德烈一起處理的，他記得很清楚，216號房是由夏天開門……事實上很多間都是由夏天開啓，因爲阿德烈負責拍照，他負責紀錄。

而學姐腐爛的247號房，就在更早之前屋子一口氣消失大量的房間後又增建，201那區只到228了，247根本在另一頭走廊，而那邊更只到245。

但是，那間207號房，是剛剛他跟夏天去上廁所的房間。

因此郭岳洋的筆記上，寫著每個房間出現前的所有動靜，只有一個詞是重複的，那就是：「夏天關門」。

夏玄允依然呆呆的跪坐在沙發上，他面向著沙發扶手的側邊，隔著小茶几與郭岳洋面面相覷。

「你在……說什麼啊？」他狐疑的指著自己，「跟我有什麼關係？」

「每次都是你最後關的門。」郭岳洋點著本子，「每一間，都在你開關門後回來了。」

「怎麼可能……不是，大家都有開啊！」夏玄允的笑容有點虛弱，「幹嘛把我說得這麼神奇！」

「這不是亂講的，統整出來就是這樣啊！」郭岳洋很認眞的分析，「你那時用242開244時不是才說，就假裝這間是242嗎？過了一會兒可樂就回來了；216號房一開始就是你處理的，結果阿德烈的未婚妻整間回來；學姐那間就別說了，我們才在那邊上廁所！」

「你也有上！」夏玄允顯得有點慌亂。

「那我沒有提到學姐的事！」郭岳洋打斷了夏玄允，嚴肅的看向站在一旁的馮千靜，「那時關門時夏玄允提到失蹤的學姐，因爲那間廁所門開的位置跟學姐失蹤前一樣，夏天就說如果學姐回來，247的廁所是不是會回到這個模樣！」

「我……我只是聯想！」夏玄允緊張的互絞雙手，洋洋知道自己在說什麼嗎？他在說一件離譜到家的事。

馮千靜身後的林淮喆跟陳睿彥完全說不出話來，他們兩個都坐在唐家瑜躺著沙發前的地毯上，瞠目結舌。

「那個……我想請教一下。」林淮喆緩緩出聲，「以前有過這種……特殊的狀況嗎？」

「特殊是指？」郭岳洋不明白。

「林淮喆意思應該是說，像這種對都市傳說有特別的抗體、不對！如果用阿飄的事來形容，像是特別感應的一種？」陳睿彥找不到最貼切的說法。

「沒有！」夏天自己斬釘截鐵的回答，「這件事不對勁，跟我開關門有什麼關係！如果這樣說，我去把每一間門都打開關上，房間就會回來嗎？這是都市傳說耶，郭岳洋！」

夏玄允的口吻變得急促而嚴厲，該是可愛的臉龐變得緊繃，沒有笑容就沒有酒窩，但那雙無辜眼神現在轉著少許淚水，看起來……卻更可愛了。

「我只是就我統整出來的分析，你不是也說了，什麼都要試試看！」郭岳洋不惶多讓，他直盯著夏玄允，義正詞嚴，「如果有可能你就是把萬能鑰匙，你不想試嗎？你不想帶毛穎德回來嗎？」

「我很想！但是這種說法太誇張！」

「不！」馮千靜打直右手上的銀桿，亙在兩個越緊張就越大聲的男孩中間，「這一點都不誇張啊，夏天。」

夏玄允驚愣抬首，「小靜！」

「只有你聽得到隙間女的聲音。」馮千靜想起來了，「是你阻止我拆天花板的記得嗎？沒有人知道隙間女在說什麼，卻只有你聽得見。」

夏玄允啞然，「我、我……」是啊，只有他聽得見。

「陳睿彥提到對都市傳說有感應，我想到的是毛穎德。」馮千靜垂下眼睫，回首幽幽的說，「他的左肩頭會劇痛，從骨子裡透出來，撕心裂肺的痛。」

「咦？」身後兩個坐在沙發上的男孩直起身子了，「毛毛的手……不是聖誕夜故意去劃傷的嗎？」

馮千靜挑起苦笑，頭也不回的說，「你不覺得，聖誕夜過後，很多事情起了變化嗎？」

平安夜，都市傳說的聖誕老人，到底留了什麼禮物給他？

明明只是皮肉傷的左肩，平常毫無大礙，唯有遇到詭異情況時會劇痛，甚至失去力氣，仔細回想，每一次都是遇到都市傳說、或是都市傳說正在行動時；隙間女的蠢蠢欲動、以及移動、現身，那天折騰著毛穎德。

下午一進到這間屋子，242首次消失前，毛穎德痛到差點腳軟。

阿杰離開他的房門口那瞬間，他說看見毛穎德突然跪了下來，那就是因為他的房間即將要消失了！

由此推敲，爲什麼夏天會聽得懂隙間女在說什麼？一個人被擠進窄小的縫隙當中，變得跟鰻魚一樣扁平，一句話都說不標準，他卻聽得一清二楚？

這種事情，根本不是假裝看不見就能不知道的。

夏玄允沉默了，他頹然的跪坐在沙發上，漂亮的臉蛋蹙著眉心，顯得既徬徨又緊張；隔張茶几的郭岳洋憂心忡忡，伸長手握住他的臂膀，希望給他打氣。

「我們插不上話，這眞的說不上來的詭異。」陳睿彥深吸了一口氣，「現在我們信了你們所有遭遇的事，正如你自己說的，夏天，什麼都得試。」

他伸出手，鑰匙清脆，是把沒有房號的鑰匙，鑰匙圈上是個鍋鏟。

「西北角廚房的鑰匙。」林淮喆斜望著，「你要試試看嗎？」

「西北角已經不在了，那邊的房間只剩幾間……」郭岳洋不解，沒有門可以開啊！

「247的廁所都能在207了，這已經沒有不可能。」馮千靜唰地拿過鑰匙，回身朝夏玄允伸出手，「走啊！再試一次，成功的話，我們就能把毛穎德帶回來！」

夏玄允望著眼前的手，大大的做了好幾個深呼吸，可以感受得到他在壓下自己莫名的恐懼。

他不怕這個都市傳說、不怕這詭異的氛圍，他怕的是——郭岳洋說的是眞的。

搭上馮千靜的手，他的手轉而冰冷，她知道夏天很緊張，但再緊張也是得去試。

「爲什麼不直接試101呢？就可以帶毛穎德回來？」林淮喆提出疑問。

「他已經帶了兩具屍體回來，我會怕。」馮千靜邊走邊回眸，「先找小賴他們試試！」

不確定性太多，他不想拿毛穎德做實驗。

「喂！這樣有點過分吧，拿我們同學當實驗品！」林淮喆立即發難。

「沒辦法。」馮千靜回身倒退著走，朝他聳肩，「因爲我喜歡毛穎德。」

哇！郭岳洋瞪圓了眼，小靜說了耶！他眞的跟毛穎德……見她俐落正首，身旁的夏玄允有些訝異。

他們一前一後離開了客廳，一出去直接向左拐，越靠近西北角越好，所以決定挑最後一間。

「妳喜歡毛毛喔？」夏玄允在她身邊悶悶的開口。

馮千靜看著他，「對，我知道你不爽。」

「我沒有！」夏玄允飛快的回答，但又沉默下來，看上去很難受。

「我跟他有感情進展後，你的態度就變了，我雖是運動格鬥者，不代表我是傻子。」她昂首闊步，「怎麼？你眞的也喜歡他？」

夏玄允驚訝的看向她，瞬間面紅耳赤，「妳妳妳在說什麼啊！我跟毛毛不是妳想的那樣！」

「我當然知道你們不是那種關係啊，因爲他喜歡我好嗎！」馮千靜說得自然，「我是說，你暗戀他、喜歡他……反正對他有特殊感情，這我好像早知道了喔，第一次認識你們時，就給我這種感覺。」

夏玄允眉間皺出海溝紋，噘起嘴，「我們之間是特殊感情。」

「嗯哼。」來到最後一間，馮千靜左顧右盼，「他喜歡我，我知道。哪一間？」

夏玄允跟著轉了轉，選擇了126，「這間好了，跟廚房同一邊！」

馮千靜把鑰匙交給他，握緊銀桿再度準備，夏玄允的手忍不住一直發抖，但還是緊緊握住了門把，把廚房鑰匙插進去。

「我希望西北角的廚房能回來，小賴跟白白都能相安無事。」他喃喃說著，鑰匙自然無法轉動126的鑰匙，但畢竟本來就沒鎖，所以夏玄允轉了門把後，一骨碌彈開。

按照慣例，他瞬間閃到一旁，馮千靜也在一旁準備。

寂靜無聲，他們雙雙探頭，那就是一間再普通不過的房間；夏玄允伸長手把房門關上，照著郭岳洋的統整，得過一會兒方知眞章。

這是矛盾的心情，他一邊希望西北角廚房能眞的出現，但是又覺得這像坐實了他有這個能力的感覺。

可以讓消失的房間回來啊……夏玄允望著自己的手，爲什麼他可以？

「我覺得毛毛被妳搶走了。」關上房門的那瞬間，夏玄允望著馮千靜說，「他是我兄弟，我有種以後會跟他生疏的感覺。」

馮千靜眼尾瞄著他，「我們住在一起耶，夏玄允。」

「不是那種在一起……你們在一起後，他的心就會都在妳身上了。」夏玄允覺得說這些很丟臉，而且好像有點越描越黑！「我想要大家一直像這樣嘻嘻哈哈的在一起，很快樂很幸福……」

「人都要長大，又不是小孩了。」馮千靜失聲而笑，「搞半天你是因爲哥哥被奪走有失落感啊！」

「喂！」夏玄允嘟高了嘴，「爲什麼妳好像在笑我？」

「沒好像啊，我就是在笑你啊！」馮千靜轉身往客廳走去，朗聲大笑，

「唉，我放心多了，我還以爲你對毛穎德是另一種情感咧！」

「厚！有差嗎？」夏玄允在後面嘟囔著，「見色忘友！我不希望被忘掉！」

呵……呵呵……馮千靜回眸朝他笑開了顏，「我們怎麼樣都不可能忘掉你啦！」

夏玄允被那笑容震撼，他有點感動，他也知道這種像是在鬧小孩子脾氣一樣，但他就是不希望明明四個人這麼好，最後卻只有他們兩個出雙入對，把他們隔開！

「小靜！」夏玄允又感動又激動的追上前，立刻一秒被架拐子，「呃——」

「你這該死的都市傳說收集者，我看到你就想壓制你，我怎麼可能忘掉你！」馮千靜使勁架著他，「你最好祈禱毛穎德回得來！」

呃呃，是這種忘不了嗎？嗚……

在客廳門口偷偷往走廊深處望的郭岳洋，一看見他們的聲音逼近，趕緊百米衝回原本的沙發上，還對陳睿彥跟林淮喆比了一個噓，拜託不要說喔。

馮千靜他們回到客廳時，LINE再度響起，原來是大頭硬去把屋主挖起來了。

「眞強，不怕被報警喔？」陳睿彥挑高了眉，三更半夜去吵人。

「啊……果然以前就有人不見，還是親戚……但他們沒有報案！」大家都在滑著手機看他們的報告，「啊，語音訊息！」

懶得打了，直接用講的比較快。

由郭岳洋負責播放他的手機：『有一次整個二樓都消失，嚇得他大姨婆奪門而出，後來就沒有人敢再住了！你們要小心啊，二樓可以所有的房間都消失喔！』

大頭的聲音很激動，郭岳洋的音量放得很大，所以聲音在客廳裡迴蕩著：都消失喔！都消失喔！都消失喔！都消失喔！

好像有點驚悚，大家交換著眼神，眼珠子轉來轉去，但沒人敢多話。

咚——屋子又開始震動，所有人緊張的握起拳頭，來了！

砰！咚……巨響不時傳來，位置很剛好的就在剛剛夏玄允才去的西北角，他們誰也不敢妄動，就聽著聲響響著，不管多大聲、多久，他們都只是待在原地。

然後……

「救……救命啊！」西北角傳來了男孩驚恐的喊叫聲，「救命——有人在嗎？」

「我們回來了！白白！我們出來了！」腳步聲一路奔跑，所有人屏氣凝神，期待著衝到客廳門口的身影！

兩個男孩狼狽的在客廳門口煞住步伐，先是看見樓梯底下的兩具白布，緊接著慌張的轉頭過來，瞧見了他們。兩個人都滿臉恐懼，全是淚水，牙齒不停打顫，沉重卻不支的踏進來。

「社長……陳睿彥！」

「小賴！白白！」林淮喆忍不住哭了起來，與陳睿彥一同衝上前去！

他們緊緊擁抱著，小賴跟白白放聲大哭！

馮千靜兩眼發直，不可思議的看著抱在一起痛哭的四個男孩，然後看向了夏玄允。

只頓了幾秒鐘，郭岳洋立即跳起，「陳睿彥！101的鑰匙！快點給我！」

小白跟賴賴泣不成聲的說著被困在廚房裡的數小時，與可樂說的如出一轍，差別只在如果他們被困住，會比別人活得久一點，因爲他們在廚房，有整個冰箱的食物可以吃。

但可怕會在後面，當沒有食物吃之後，他們就會自相殘殺。

馮千靜知道自己想到很可怕的地方，但事實上人的求生意志很強，餓到底時，為了活下去說不定會無所不用其極……他們在廚房，刀械也很齊全，人生本來就是個擂台，求生時更是殘酷。

幸好，他們回來了，也證實了夏玄允不但可以能召回消失的房間，還可以選擇在任何地方召回。

唐家瑜在小賴他們回來時被驚醒，她聽見興奮的聲音以為又發生什麼事，見到小賴他們時又哭了一次，一則以喜，一則驚懼。

「超屌的我！」夏玄允望著自己的手，「我怎麼辦到的？難道我變成破解都市傳說的人了嗎？」

開完101回來後，夏玄允從沮喪，一秒變得神采飛揚，對於自己具有疑似對抗都市傳說的能力得意洋洋，甚至還覺得自己可能會是全新的都市傳說。

「真的好玄喔，消失的房間明明是都市傳說，可是你可以把它用回來！」郭岳洋還用崇拜的語氣，夏玄允都快飛上天了，「這到底是怎麼辦到的？」

「我也不知道啊！」夏玄允一雙眼睛熠熠有光，「快看我們還缺誰？等等一起把他弄回來！」

「剩吳雯茜了吧！」郭岳洋不忍的看著門口，「大柴跟可樂……」就算身體回來，人也活不了了。

夏玄允記下房號，剛剛應該一起處理的，不過好奇怪，屋子好一陣子沒動靜了！

「我說，」陳睿彥望著夏玄允，忍不住開口，「他平常都是那樣子嗎？」在中間走來走去的馮千靜停下腳步，他？往左後回首，再回看右邊，「哪樣子？」

「他不覺得這件事太詭異嗎？針對他能破解都市傳說的事？」陳睿彥實在覺得一般人不會這麼樂觀吧？

「喔，正常。」她輕描淡寫，「他對都市傳說非常狂熱，自己能變成一個傳說，可能是他畢生所願。」

「哇……」S大都市傳說社的人，只有讚嘆的份，他們加入「都市傳說社」不管是眞的喜歡還是爲了噱頭，也不會有人希望遇到今時今地這種狀況。

馮千靜不時的往門口跫步，到底要隔多久，消失的房間才會再度出現？她記得應該很快的啊，夏天針對西北角廚房後，他們走回來，沒多久就聽見了屋子的聲響，他剛剛去101已經試過了五分鐘了，爲什麼一點動靜都沒——

砰！咚！巨響傳來，大家紛紛直起身子往門口看去，郭岳洋跟夏玄允都已經跳了起來，而最接近門口的馮千靜卻忍不住皺眉——聲音太遠了！

客廳的大門一出去，經過右手邊的樓梯底下就是走廊了，101與102是第一間房，如果有什麼變化，聲音不會這麼遙遠！

「不對勁……」她抓握銀桿，即刻就衝了出去。

「小靜！」夏玄允十分錯愕，他也感受到屋子的聲響是從更遠的地方傳來的！

馮千靜滑出客廳門外，視線即刻向右，看見的卻是逼近的廊底，以及一間又一間消失的房間。

「不！不！」她驚恐的往前奔，一路衝到101號房門前，「毛穎德！」

消失的房間疾速增加，原本這條走廊剛剛是到112的，但現在竟已經消失到105了，馮千靜打開房門，赫然發現紫白相間的條紋壁紙消失了，取而代之的又一間她沒見過的101號房！

但就不是有毛穎德那間！爲什麼!?

「馮千靜！」陳睿彥急忙追出來，一往右邊看忍不住倒抽一口氣，「走！快走！」

他往前衝到她身邊，一把拉住她，沒看見走廊底越來越近了嗎！

「不可以！它不能這麼做！」她試圖想掙扎，一轉眼卻發現連103都消失了，她眼前就是廊底！

「小靜！小靜——」奔出的夏玄允失控大喊，「快離開！」時局不容她停留，馮千靜咬牙切齒的跟著陳睿彥奔出走廊，然後眼睜睜看著左邊整條走廊消失得無影無蹤！

最後一秒，左邊的廊道全然封死，本是出入口的地方只剩下一堵牆。彷彿一樓從沒有那些房間，馮千靜緊窒的看著面前的那堵牆，無盡的怒火翻騰，上前就用銀桿敲響那堵牆。

「太過分了！」她氣得全身都在發抖，「這屋子是故意的……都市傳說在找我們麻煩！」

「房間……房間不見了！」郭岳洋焦急的喊著，「如果房間不見了，毛穎德要怎麼回來？」

陳睿彥有種涼意透全身的感覺，一轉眼一樓有一半的房間全數消失，如果願意的話，這間屋子是可以讓所有房間都不存在的是吧！剛剛LINE裡也說了，過去曾有整個二樓消失的情況啊！

「我們，應該要離開這裡。」陳睿彥理智的說著，「馮千靜，妳知道我的意思。」

她回眸，眼裡似有些晶亮打轉，但是她依然沒有哭泣，一拳狠狠的再擊上牆，瞥了眼腳邊的屍體。

「我不會離開的，你們快走吧。」她深吸了一口氣，回身略過他身邊，彎進客廳裡，「快想別的辦法，夏天！」

想辦法！對！總是這樣，這條路不能走，還有別條路！夏玄允有些激動，那是種期待，緊接著卻被失望打擊的痛，但是他們怎麼可以死心呢！既然有辦法讓消失的房間回來，就要利用這點。

「怎麼回事……」沙發上的恐懼三人組發著抖問，他們知道發生大事了，但沒人有勇氣出去。

「左邊101起的整條房間都不見了，剩一堵牆。」馮千靜簡短的說著，拎起她的隨身肩包。

「吱?」唐家瑜腦袋一片空白，「那、那毛穎德的那間……」

「也不在了。」她檢查著行李裡的東西，把重要的擱進背包裡，「我們現在要另外找方法帶他回來——夏天！郭岳洋！」

「快好了！」他們兩個也匆忙的在收拾，這讓唐家瑜跟小賴他們跟著緊張起來。

「爲什麼要收東西？要走了嗎？」唐家瑜急忙走下沙發，「對！我要離開！快點走！」

「消失的房間越來越多，都市傳說進入白熱化了，說不定等等連剩下的那條走廊也消失，這時要做萬全準備。」夏玄允分明的說著，「該帶的東西帶著，不重要的東西就扔下吧！」

「就是讓自己呈機動狀態啦！」郭岳洋還能用輕揚的聲音回應，這些他們都很有經驗了。

揹好背包，馮千靜扣上胸下與腰間的束帶，她平常上學揹的東西就是專業背包，迎視著走進來的陳睿彥跟林淮喆。

「害怕的讓他們離開吧，在這裡容易礙手礙腳。」她說話倒是直接，「你們也一起走，我是非得要救出毛穎德不可的！」

小賴跟白白根本什麼都不想拿，他們早就站了起來，急著要離開。

「我留下吧！」林淮喆意外的出聲，「你們只有三個人……這樣很麻煩，不只毛穎德，別忘了吳雯茜也還在消失的房間裡。」

他帶著懇求的眼神瞥向夏玄允，雖說一直以來他們都沒提到吳雯茜，心裡其實還是繫著啊……

「會，我會試著讓她回來。」夏玄允肯定的點頭。

「鑰匙都給你！」陳睿彥早挑出了重要的鑰匙，用袋子裝妥交給夏玄允，郭岳洋望著那袋鑰匙，其實他有個不得了的想法。

總覺得鑰匙不是重點，說不定夏天才是鑰匙啊！

「東西快拿一拿！我們……」林淮喆才正在說，磅的聲音在耳邊響起。

「呀！」聲音太近，嚇得他們紛紛往窗邊望去，聲音為什麼是從客廳裡傳來的？

窗簾微微飛起，一樓的窗戶都是緊閉著，不該有風，而且現在聲音就是從窗邊傳來；所有人謹慎的往大門的方向後退著，看著磅磅的聲響一格一格的響起。

「增建嗎？」郭岳洋錯愕的說著，他甚至就站在某扇窗子前方兩公尺處。

夏玄允趕緊上前把他拉開，旋即他面對的那扇窗子後面也傳來詭異的悶響，沒人知道是怎麼回事，屋子門沒有扭曲，牆壁也沒有移動……馮千靜一咬牙，突然衝向眼前的落地窗們。

「馮千靜！」林淮喆措手不及，她要幹嘛!?

馮千靜衝上前，立刻以長長的銀桿掀開窗簾，施力掀起，讓簾子跟著往上飄——窗子呢？

「窗子變成牆了！」夏玄允整個人是趴在地上看著，「窗戶都消失了，變成牆了！」

「都市傳說在封住這間屋子！出去！快點！」馮千靜邊喊，立刻吆喝大家快跑。

「啊啊——爲什麼!?好可怕！」唐家瑜抓過自己的行李包，與大家反方向，直接衝進了廚房！

一路衝到後門前，她使勁開門，卻打不開，「門鎖著！」

「鑰匙！」陳睿彥立刻找出鑰匙丟過去，唐家瑜慌亂之餘哪接得住，鑰匙落地聲鏗鏘，現在就連這種聲音都會令人嚇一跳。

「咦?唐家瑜……」小賴看著她彎進去，恍然大悟，「廚房那邊有後門！」

對啊，就近的廚房邊就是後門，大家何必往前奔呢！

但已經往客廳門口跑的夏玄允他們實在懶得折返，一股作氣的滑出客廳，最前面的夏玄允卻戛然止步！

「哎……哎哎！」郭岳洋煞車不及的直接撞上他，還得拉住夏玄允的背包才避免摔個四腳朝天。

「怎麼突然煞車啦?」他好不容易穩住身子，越過夏玄允的肩頭往前看，

「是……」

「門開了！」唐家瑜興奮的大喊，打開鋁門同時推開紗門，「你們快點——」

「唐家瑜等我！」小賴正慌張，絆到了地毯，遲疑了幾秒再趕緊進去。

晚風從門外吹送，空氣一流通，便吹動了廚房未卡緊的門……砰！

喝！林淮喆才拿起東西，就聽見了關門的巨響，現在這種聲音比房子改建更加令人毛骨悚然！

「小賴不要上前！」林淮喆即刻扯開嗓子大吼，已經要出客廳的馮千靜也回過了頭。

但哪來得及小賴是用衝的，整個人往前撞上！「哇！」

他撞得可不輕，畢竟百米狂衝，就這麼撞上了牆，鼻血立刻流出，疼得他蹲下身。

「喂！沒事吧？」白白上前拍著小賴問，一邊打開廚房的門……打、打……打不開？

「不會吧！」陳睿彥覺得神經快燒斷了，「鎖住了嗎？」

「沒有！但是推、推不動啊！」白白使盡全身的力氣往前推，無論如何就是推不開！

小賴摀著鼻子站起，林淮喆也來到門邊，第一件事情是扯開嗓子，「唐家瑜！唐家瑜開門！」

「來不及了。」有點悲傷的聲音在馮千靜身後響起，她回眸，是蹙眉的夏玄允，「我覺得……」

林淮喆試了幾下的確推不開門，接著遲疑幾秒，重新握住門把，選擇「拉開」！

門順利打開，門後卻是一堵紮實的牆。

「怎麼會……門明明是往裡推的……」小賴蒼白著臉，摀著血紅的鼻。

「門框位子變了，剛剛門是在裡面，你們沒注意門框現在變成在外面了。」儘管門板上有著小賴的血，證明是同一扇門，但是廚房就是消失了。

陳睿彥調整著呼吸，現在不是震驚的時候了，「快點走！不要遲疑了！」

他大手一揮，立刻轉向了客廳正門，馮千靜用力頷首，唐家瑜跟著廚房一起消失了，現在的確不是糾結的時候，落地窗全數變成牆，感覺都市傳說打算讓所有房間都不見！

「走了！」衝出客廳的馮千靜催促著，夏玄允卻一臉面有難色。

「那個……」他走出去直接指向大門，「沒有門呢！」

什麼!?客廳大門是正對著櫃檯的，但櫃檯旁就是屋子大門，問題是：門呢？馮千靜詫異的呆望，連櫃檯後面的落地玻璃也成了牆，這是什麼時候的事……不，他們剛剛在裡面都太專注了。

「小賴！你們快從……」陳睿彥指著門，卻呆掉了，「門……」

小賴跟白白還在震驚中，他們不懂唐家瑜人呢？廚房呢？門也才關上不到一秒啊！

但屋子沒有給他們太多時間思考，左邊的走廊開始跟著傳來聲音，一間接一間的房間撤掉了。

「上二樓！」郭岳洋只能想到這裡，沒有大門沒有窗，他們能去哪裡！

他帶頭往上跑，夏玄允覺得這不是最好的辦法但也只能衝，整間屋子又開始晃動，馮千靜再瞥了一眼消失的101號房走廊，咬著牙跟著往上去。

巨響不停，大家分散在二樓樓梯口跟走廊上，感受著一樓的震動，壁壘分明的S大到了樓梯右側，232那邊的走廊，社長林淮喆在走廊口觀望；A大的到樓梯左側的走廊，也就是201爲起頭的那邊，不過是由馮千靜守護。

這時刻，也沒人在意腐爛的屍體有多逼近他們了。

好不容易，屋子停止動作，沒人知道消失了什麼，只是當馮千靜探頭時，二樓樓梯已經不見了。

「我覺得它眞的要惹火我了。」馮千靜走了出去，瞪著眼前一排欄杆，整座樓梯都不見了。

「我覺得它好早就惹火妳了……」郭岳洋保守的在後面悄聲的說，根本是從毛穎德消失開始。

馮千靜謹愼的從欄杆下往下望，因爲樓梯消失，可以直接看到躺在地上的兩具殘缺遺體，房子的大門跟窗戶都已消失，至少現在觸目所及，他們已經像被關在一個水泥塊裡了。

「唐家瑜……唐家瑜她不見了！」小賴在驚嚇當中，緊抓著林淮喆問。

「你冷靜點，對，廚房消失了，她也在廚房裡，所以……」林淮喆盡可能放輕聲音說，「小賴，你跟白白失蹤時就是這個樣子！」

馮千靜轉向左邊的走廊，小賴腳軟的跪下，雙手都抓著人。

「我們……我們也是這樣嗎？」白白似乎還未回神，「我們在廚房裡時，怎麼喊都沒人聽到，後來我們把門給撬開——」

「只看到牆，沒有路。」陳睿彥準確的說著，「可樂回來過，他也做了一樣的事，看見一樣的牆，你們被封住了。」

「為什麼？這是為什麼？」白白拔高了音量，「好端端的，我還聽得見馮千靜他們在說話的聲音，然後、然後……」

「這是都市傳說，消失的房間，房間會整個消失。」陳睿彥極有耐性的說著，因為他們才回來，並不知道這段期間發生的事，「像你們是整個廚房消失，毛穎德的是被替換，就是有另一間房間在原來的位置，但已經不是本來那間了。」

兩個男孩其實聽不太懂，小賴這才看向對面，「……那毛穎德呢？」

對啊，他這才發現，A大剩三個人？

「他在101號房時就消失了。」林淮喆拍拍他，「能站起來嗎？現在不是腳軟的時候。」

消失了……白白愣愣的望著，「那麼……你們剛說可樂回來了？他人呢？」

馮千靜直接往下指，「下面其中長的是可樂，短的是大柴。」

「咦？」白白被這突如其來的消息震撼，瞪圓了雙眼，「為什麼!?」

「身體有一部分跟著房間或東西消失了，這個我們出去後再慢慢說，聽好，你們兩個——」林淮喆趕緊要他們冷靜，「千萬不要單獨進入房間，門絕對不能關上或是沒人堵著，否則可能就會消失！」

這是哪門子的說法啊！小賴跟白白眼底只有驚恐，根本沒有在聽！

某扇門開了，這讓如驚弓之鳥的白白立刻往前看，看著阿德烈從216號房裡探頭而出，他依然憔悴，但眼神帶著些狐疑。

「怎麼回事……」他朝著大家走來，「爲什麼這麼多聲音，但是我的房間卻還在……」

馮千靜也很想問，想走的走不了，不想走的拼命被帶離！

阿德烈從夏玄允他們身邊經過，來到了本來是二樓樓梯口的地方，有點詫異的往下看，「啊，我的大門跟窗戶！」

「廚房的後門也消失了，還有什麼地方可以離開嗎？」馮千靜望著他。

「它如果不想讓你們離開，哪個出口都一樣。」阿德烈冷冷笑著，「連樓梯都收起，不想讓你們在一樓……」

「101那條走廊沒有了。」夏玄允上前拉過阿德烈，「阿德烈，你不要一直想回去的事！每個人都是被關在裡面的，房間消失後不代表就會立刻穿越回你的年代你懂嗎？你可能會像你妻子一樣，餓死在裡面！」

阿德烈用心死的眼神望著他，「跟Ann在一起，我死也無所謂。」

馮千靜翻了白眼，根本懶得管他。

咚！走廊猛然一陣震動，讓大家曲膝以平衡重心，聲音是從馮千靜他們那條走廊傳來的，似乎又有房間消失的樣子；阿德烈緊張兮兮的趕緊要回去他與妻子的房間，其他人只是提高警覺的留意哪邊的房間或走廊會繼續不見。

夏玄允原本想再勸阿德烈，卻被郭岳洋擋下，他搖搖頭，阿德烈為了找到妻子都能不死心的重複蓋一樣的屋子了，就該知道他心意已決，就算餓死，也想待在妻子身邊，回歸他的年代。

「NO！NO NO NO！」逕自回房的阿德烈才一開門，就迸出崩潰的叫聲，「NOOOOO！Ann！」

他衝出房間，抱著頭對著他們嘶吼著，「不見了！Ann不見了！」

咦？離他最近的郭岳洋他們奔到他身邊，打開關起的房門一瞧，那間歷史風化的216已經消失了，現在呈現的是鄉村風的全新房間。

「廁所也……」夏玄允不必進去，在門口斜望就能看到全新的現代廁所，「不見了。」

「Ann！Ann！」阿德烈失控瘋狂開始撞牆，「為什麼！你為什麼要這麼對我！我等了這麼久好不容易等到她的，我剛剛一直都在、為什麼要趁我不在的時候帶她走！啊啊啊！」

阿德烈痛哭失聲，拼命的捶著牆，頹然的滑倒在地，在馮千靜看來，說不定是都市傳說一點都不想要他。

否則他剛剛在裡面抱著屍體這麼久，爲什麼不挑那時候消失？偏偏要在他離開的這幾分鐘內，讓房間消失得無影無蹤？

都市傳說始終如一的殘忍。

阿德烈不知道夏玄允可以試著再讓那間古老的房間回來，其他人則默默交換眼神，連林淮喆都示意不要說，他們總覺得這樣對阿德烈比較好。

對誰好與不好，其實不該是第三者決定，幸福與快樂都該是自身才能決定。

但他們的確不該插手，夏玄允就站在阿德烈旁邊，他願意的話他會開口。

小賴跟白白原本跟著陳睿彥到走廊後端去查看，兩個人邊走邊瑟瑟顫抖，好詭異的情況，他們甚至不明白阿德烈在歇斯底里些什麼？他的房間只是消失了人還在啊？可是嘴裡喊的那個名字又是誰？

白白瞥向小賴，他不是想說什麼，而是覺得小賴身邊的牆有點詭異……「那個……」

他指向牆壁，有種像牆壁變水一般的波動、擠壓著，還有些扭曲的模樣！

小賴順著轉頭向左看，就在那瞬間，親眼見到身邊的那間房間像吸進漩渦底下般瞬間消失！

「哇！」小賴彈跳到白白身上，「那什麼!?那——」

林淮喆趕緊回首，他也感覺到某種風壓，「怎麼回事？什麼東西!?」

「房間不見……那扇門扭成一團像被、被馬桶沖走了！」小賴顫著手指指著林淮喆旁邊的門，「剛剛是、是239！」

陳睿彥立刻把林淮喆往自己這邊拉了幾寸，消失的房間是像被馬桶沖走的模樣嗎？那可不能太靠近，萬一一起被捲走不就糟了！

「什麼都市傳說、什麼消失的房間……我不要！我要離開這裡！」白白驀地失控大喊，一把推開小賴，直接往走廊深處跑，「我退社可以吧！我不要待在這裡了！」

「白白！不要亂跑！沒有大門你不知道嗎！」林淮喆趕緊追上。

沒有大門？白白繞過第一個彎，就看見走廊盡頭了，奇怪，二樓走廊明明很長的，怎麼變這麼短？

不過如果沒有出口的話——白白冷不防的打開就近的房間，直接往裡衝！從窗戶出去就可以了吧？這裡才二樓，從陽台跳下去根本不會死！

「白白！」林淮喆不可思議的大喊，「不能進去房間！門千萬不要關上！」

白白哪聽得到這麼多，他只想離開這裡，一衝進房間就順手甩上了門！

馮千靜大跳跳過坐在地上擋路的小賴，陳睿彥都嚇得閃到旁邊讓她衝刺，馮千靜不只運動神經敏銳，跑得也超快的！一轉眼已經在林淮喆身後了。

「擋下門！」她大喝著，上拋手中的銀桿，改成抓握在銀桿下端。

林淮喆及時趕到，但只能用滑壘的方式，因爲腳一定比較快，伸腳抵住了欲關上的門……但馮千靜知道，阿杰也曾這樣擋住毛穎德的房門，但是有股力量會硬把門關上，林淮喆這樣的相抵是沒有用的！

所以她滑步抵達，將銀桿硬從欲關起的門縫裡插進去——喀！

她果然感受到門板欲關起的力道，但是夾到了銀桿，根本關不上！

「快把門打開！」跟著衝來的夏玄允彎身握住門把，一骨碌推開——唐家瑜當初在廁所守著吳雯茜時，就算門是半掩的，吳雯茜還是消失了啊！所以不能遲疑！

而抵住門縫的小靜，已有些許髮絲在飛揚了！

房門被猛然敞開，卻讓卡在門口的三個人驚愕不已。

夏玄允剛剛才想過，眞的好希望能親眼目睹房間更換的過程，現在竟實現了願望！

這是一種折疊的概念，整間房間分解成無數個正立方體，像紙屋般正在折疊壓縮，不管是牆壁、衣櫃、床、書桌或是地板全都一樣；左邊是漸而消失的黑暗，那兒的立方體變得較小且黑暗。

而右邊的景物卻兩種風情，夏玄允可以看見立方體上有兩種顏色，一個是這間屋子原本的橘色、另一面是蒂芬妮藍。

這就是由右至左的消失與更換……這間屋子正準備變成女孩們喜歡的蒂芬妮藍色，但是卻被他們打斷了。

他們不知道的是，連「白白」也變成無數立方體的一部分，他正回頭看著房門、看著他們，雙眼瞠大，嘴巴呈大圓的吶喊狀，全身上下也一起扭曲，向左邊被吸引。

房間沒有消失、也沒有再變化，而是在一秒之後，白白炸開了！

「哇！」首當其衝的夏玄允、林淮喆與馮千靜，連閃避都來不及，瞬間被濺上了血，後頭趕來的郭岳洋跟陳睿彥看著白白變成一塊塊的肉塊掉落在地板上！

每個人都說不出話，每個人都染上了白白的血，夏玄允不可思議的看著一地方型肉塊，看著這凹凸不平的格狀房間……

「被看到……就停止嗎？」他喃喃說著，忍不住發抖。

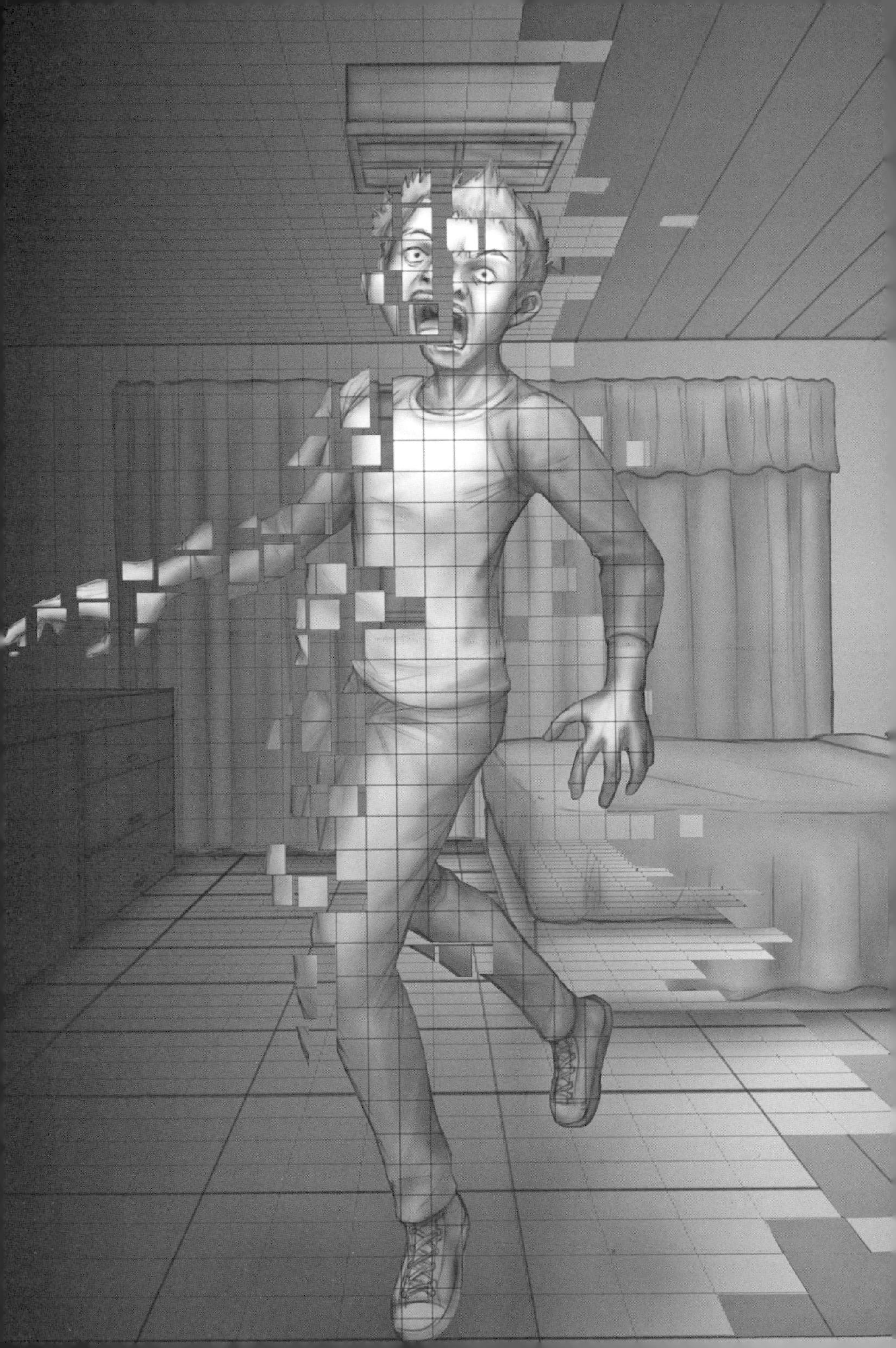

這就是爲什麼消失的房間都是在門關上後，無論緊掩或是半掩，總之都是在人們瞧不見全貌的情況下；郭岳洋伸手抹去臉上被噴濺的鮮血，這景象眞的太驚人了，爲什麼活生生的人會變成那個模樣？

「這是一種腦羞的意思嗎？」

咦？所有人倏地瞪大雙眼，挺直背脊，聽著最後方傳來熟悉但根本不該出現的聲音。

「只要被看到就停止消失或轉移，還把人搞成這樣！」

還坐在原地的小賴呆望著剛剛從他身邊走過去的人，他腦袋還無法運轉，但至少知道那個人好像應該也在消失的房間裡？

後方的郭岳洋跟陳睿彥率先回頭，簡直不敢相信自己親眼所見，然後是夏玄允跟林淮喆，瞠目結舌得喊不出來，滿臉鮮血的馮千靜緊扣著銀桿，心裡想著不可能不可能——

回過身子，她銳利的眸子裡映著101號房那個消失的傢伙！

「毛穎德！」

第十章 都市傳說

其實他一直睡不著。

毛穎德吃些零食後，喝了一小口水，決定先來休息一下，必須保持體力，並且留意環境是否有所變化。

所以他把床上的被子枕頭都拖到地板，他就睡在房門旁邊，房門門鎖早已被他破壞，所以門是卡不上的，只能半掩，所以他拿把椅子輕微抵住；抵住前確認外頭依然是堵牆，這間房的四面八方都是實心的牆壁，沒有逃生之路。

因爲要保持機動性，他也不敢躺著睡，只能半坐著靠牆，但是被子枕頭都很齊全，所以睡起來還算舒適；半夢半醒，老實說好幾次聽見馮千靜的聲音，在外面喊著他，他驚醒時才知道是夢。

也好幾次夢到夏天或郭岳洋推開房門，興奮的歡迎他回來，得意的炫耀他們找到破解法，他正微笑時，睜開眼，還是原來的房間。

最先有變化的是氣味。

有股令人反胃的惡臭從廁所傳來，那實在是噁心到他立刻拿被子掩鼻，緊接著水管傳來管線的聲響，他當下就掀被而起，抓過了身邊的背包——因爲從消失開始，整間房間都是靜寂無聲的。

外頭開始出現聲音，他整個人是跳起來的，立刻留意門外的光線，然後聽見了奔跑聲，還有馮千靜與夏天的聲音。

他即刻拉開椅子，合不上的門開啓，外面就是他熟悉的走廊！

毫不猶豫打開房間，屋子正在震動，響聲不斷，他留意本該是走廊口的地方已經成了一堵牆，輕敲幾下實心牆，所以他靜靜等待屋子巨響停止。

敲牆、叫喊，他沒有得到回音，是聽見樓上倉促的步伐聲，他沒有別條路可以走，只好先往走廊的末端去；結果走到最後面，竟不是原本的死路，而是一條全新……至少他沒看過的樓梯。

樓梯通往二樓，此時腐臭味道更濃，他不敢貿然上去，左肩再度劇痛，他聽見阿德烈在那邊NO NO NO，聲嘶力竭的哭喊著，接著是有人大叫，然後是一群人全往另一個方向狂奔的聲音，大喊著「白白」！

他不會不記得這個名字，這是在西北角廚房要幫忙拿飲料的兩人之一，在轉眼間整個廚房都消失了——所以他們也回來了？

肩膀比較沒那麼疼了，他走上二樓，阿德烈跪坐在216號房門口，其他人都聚集在另一頭的廊道上，經過樓梯口時發現樓梯已消失，樓下大門跟落地窗都成了牆壁，再經過站不起來的小賴，回以微笑，他們果然回來了！

最後看見鮮血噴濺在其他人臉上，他才從容抵達。

看著那詭異的房間，心想自己原來也曾化作無數個立方塊，那還得感謝阿杰或是馮千靜沒有在消失中途打開房門，否則現在炸開滿地肉塊的就是他了。

馮千靜是撲向毛穎德的，張開的雙臂，不顧身上都是白白的內臟或血肉，緊緊的擁抱他！擁抱的力氣強勁，毛穎德覺得有點難以呼吸，但可以感受到她的擔憂與喜悅，這讓他不由得也泛起微笑，回擁了纖瘦的女孩。

一旁的夏玄允雙臂正張到一半，他覺得這就是他不爽的原因，原本該是他先抱毛毛的啊！可是現在毛毛的眼裡只剩下小靜了。

這就是吃醋啊！他一點都沒想否認，雖然小靜說他們都住在一起、一起行動！但問題是他們一旦進入另一種關係，他跟洋洋遲早會變成局外人的，嗚～

站在毛穎德身後的郭岳洋把一切看在眼裡，有些溫暖有些心疼，他可以知道夏天的落漠。

「好了，我沒事了！」毛穎德將馮千靜的雙手拉下來，眼神移向旁邊的可愛少年，「嘴巴不必嘛這麼高！你也有！」

夏玄允居然眼淚在眼窩裡打轉，激動的也撲上前，「毛毛！你回來了！你竟然回來了！」

嗯。馮千靜隨便用手抹去臉上的鮮血，看著兄弟擁抱，她挑高了眉，夏天介意這個啊？那有什麼問題，以後這種狀況都讓他先抱！呿！

其他人都還在震驚中，尤其林淮喆撐著門緣站起時，覺得自己精神力眞強大，先是面對了白白的炸裂，接下來又面對毛穎德的歸返。

「好了！現在看起來很緊繃，誰要跟我匯報？」毛穎德把夏玄允推開，轉了半圈直接看向郭岳洋。

郭岳洋愣愣的看著他，衝著他傻笑，「你回來啦！」

「嘿嘿！」他擊了掌，指向房間，「那邊有個剛死的人，我看一下你們的人數，是放生還是都消失了？」

「消失了，也有……身體一半消失的。」陳睿彥最快恢復理智，跟毛穎德說了樓下的屍體，與消失的人們，還有阿德烈重現屋子風華的目的。

「那這股臭味哪裡來的？」他一直很想吐，全用嘴巴呼吸。

「學生會的失蹤學姐，已經一個月了，應該是在廁所餓死的，屍體在腐爛。」

郭岳洋趕緊回神，「她的浴室也回來了，在207浴室；阿德烈的妻子在216……啊！又消失了。」

阿德烈啊，毛穎德剛剛的確也有經過那像行屍走肉的人。

沒想到消失的房間也能搞穿越，在一八四〇年消失的屋子，出現在三十年前，表示阿德烈沒有歷經跟他一樣的遭遇，被關在一個水泥牆中。

「味道等等會習慣一點，你呢？101那條走廊已經全部消失了，你怎麼回來的？」馮千靜正在找東西把白白這間房抵住，這太特別了，千萬不能讓這間房間不見。

「消失嗎？倒是沒有，我是從原來房間出來的。」毛穎德很冷靜，「我聽見你們的聲音，看見光線我就趕緊離開房間，不過走廊口變成牆了，我只能往走廊末端走，然後——」

他抬起手，指向201那條走廊的方向，「最尾端是樓梯，樓梯改開在那兒，我就走上來了。」

樓梯？誰曉得樓梯會重新開在那兒！每一次消失的房間或增加的房間動作都這麼大，他們都以爲是幾間房間的變化，沒想到聲響中同時也另開了樓梯。

「你回來眞的太好了！不然小靜會把我殺掉的！」夏玄允說得很認眞，馮千靜忍不住瞪他。

「怎麼帶我回來的？」毛穎德看向遠處的小賴，「大家都陸續回來，你們一定找到方法了！」

「嘿……」夏玄允笑瞇了眼，還高舉手，「是我喔！我可以對抗都市傳說喔！」

……毛穎德皺眉，雖然他只有失蹤一下下，不能代表夏天能有什麼改變，但是這個答案不是值得開心的事吧！

「對抗都市傳說……沒有太好的結果。」他擰眉，指指左肩，「我不停發疼的肩膀就是一個證明！」

「但是夏天眞的可以，他想要誰回來，消失的房間就會重現！」郭岳洋趕緊保證，「不管是阿德烈的妻子、或是……那個學姐都一樣，都是夏天帶回來的！」

聞言，毛穎德眉頭皺得更緊了，「爲什麼？你有找到什麼規律嗎？」

「他就是規律。」陳睿彥也很無奈，「由他拿鑰匙去開門，就能把原來的房間喚回。」

「對，事不宜遲。」夏玄允開始在袋子裡翻找鑰匙，「吳雯茜失蹤的房號是多少？」

「23……」林淮喆直覺的想回頭問唐家瑜，卻忘了她連同廚房一起消失了。

238。」郭岳洋準確的報出房號，他可是做過統整的人。

夏玄允拍拍林淮喆，揚起天真的笑顏，「放心好了，不管吳雯茜或唐家瑜，我都會設法讓她們回來。」

語畢，他直接走到對面房間去，郭岳洋飛快的站在門口，為他把風。

毛穎德困惑的看向馮千靜，直接把她往二樓出入口拉。

「這樣不對，夏天為什麼能使喚都市傳說？」他憂心忡忡，「我可不覺得都市傳說會甘願。」

「我覺得跟你左肩會痛有關係。」她深吸了一口氣，「你不覺得聖誕夜後很多事情在改變嗎？」

左肩……毛穎德看著自己的左肩，正隱隱作痛，「我被困在房間裡時，是一直處於疼痛狀態……現在也是。」

「剛剛房間在消失時呢？」

「更痛。」他緊閉雙眼，被困住時他也思考過了，「這左肩，簡直像是都市傳說警報器。」

馮千靜也同等擔憂的看著他的肩頭，平常的確沒事，但遇上都市傳說、或是都市傳說正要有所進展時就會發作……上一次在社團老師家時便是如此，現在又是一樣的狀況。

房間裡的夏玄允打開關上浴室，意圖尋找的是吳雯茜；他再繞出來，挑隔壁房間想製造成廚房，帶唐家瑜走出。

「有樓梯就會有門，這橫豎是間屋子。」林淮喆突然往前筆直而行，「我先去樓下探一下。」

「林淮喆！」陳睿彥不太放心，想跟上去。

「我跟！我陪社長去！」小賴突然跳了起來，他閃爍著眼神緊跟在林淮喆身後，其實他想如果找到了大門，就趕緊要先跑。

林淮喆輕笑著，這樣也好，小賴已經被嚇傻了，待在這邊沒什麼作用，要是發現大門讓他先走也好。

不然像白白或是大柴他們就……唉，經過二樓欄杆邊時，他又不忍的瞥了眼樓下的屍體，大柴只怕連自己怎麼消失的都不清楚……還是他上半身會到某處？在那兒哀鳴至死？

他不敢想，現在希望唐家瑜跟吳雯茜都能回來，然後一起離開這間屋子！

半奔跑著，他直覺的跑起來，看著仍舊無神的阿德烈，他也不知道能安慰些什麼了。

小賴跟著緊張的小跑步，眼尾發現的又是液化的牆面，這跟剛剛的情況一模一樣，他狠狠倒抽一口氣，直接「啊」的叫出聲了！

「牆壁又在動了！」驚恐的吼叫聲讓所有人都往這邊注視而來，林淮喆原本以爲該是哪間房間又得消失，或是屋子增建……不！

說不定是吳雯茜回來了！

正因如此，馮千靜瞪回白白那間房對面的浴室，仔細觀察著等等會不會有人開門！

「唔……」毛穎德已經越來越能忍疼了，他咬著牙摀住左肩，都市傳說一旦啓動，就會讓他覺得……「林淮喆！」

他驀地扯開嗓子大喊，「跑回來！林淮喆！」

咦？林淮喆原本想加緊腳步衝下樓的，但被這麼一吼，趕緊回身，看見的卻是這條走廊的中段，橫空出現了一道新牆，即將把這條走廊一分爲二！

「啊！林淮喆！」陳睿彥跟著往前衝，那牆跟自動門一樣……不，速度更快，直接要阻隔掉整條走廊！

林淮喆沒有奔跑，因爲他知道根本來不及。

「哇啊！我不要！」小賴哭喊著衝過來，想趁著牆關起時奔回。

「帶大家出去！一定——」

唰！不管是小賴的哭喊聲，或是林淮喆的叫聲都在瞬間消失。

走廊那頭變得安靜無聲，連一點迴音都沒留下，衝到牆面前的陳睿彥氣忿的使勁敲著牆，無論怎麼拍，都不會有結果。

然後，201那半部的走廊上只剩下六間房間，201到206。

如此一來，不只是林淮喆與小賴，整條消失的走廊，包括毛穎德剛剛上來的樓梯也不見了。

「啊啊啊！什麼意思！你什麼意思！」發愣的阿德烈終於回神，突然發狂的踹牆，他剛剛就跪坐在牆邊，對發生的狀況措手不及！「爲什麼不讓我離開！爲什麼不帶我走！」

陳睿彥膽戰心驚的看著失控的阿德烈，他眞的很可憐，都市傳說也眞的很故意，擺明要讓走廊消失，卻偏偏挑阿德烈身邊開始。

「夏天！」郭岳洋突然拉過剛跑到一半的夏玄允，「沒時間了！你快點！」

夏玄允錯愕的回首，看見郭岳洋在另一端走廊指向另一間新的房間——對！還是有辦法讓小賴跟林淮喆回來的！

他飛快的奔回，馮千靜觀察廁所無望，轉身走出，見著三個男孩在把鑰匙倒在地上搜索著。

「不對啊，沒有走廊的鑰匙！」

「不必了！你直接開就好了！」郭岳洋突然拉起夏玄允，「我覺得鑰匙不是重點，重點在你！」

「如果是這樣更不好吧！爲什麼？」毛穎德一心只想著這個。

「不管了！沒時間想了！隨便挑一間開！」馮千靜直接推著夏玄允到前頭的房間，「假裝有鑰匙隨便開！」

她開始回身觀察每一間房間，看到白白肉塊間時，不免又是一陣嘆息。

「妳在看什麼？」

「陽台。」她轉身，站成大字型卡在走廊中間，「從那邊出去最安全，離開都市傳說屋子範圍最遠。」

毛穎德探查一陣，毫不猶豫的指向跟大門同方向的單號房間，「從這邊離停車場最近，幾步路就可以離開庭園。」

「那好。」她再轉身看著走廊，這邊房間僅剩二十餘間，那他們就挑離第一間，233吧！

毛穎德明白她的意思，立刻進房間拖拉書桌，房門敞開後抵住，馮千靜還拿另一個銀桿抵住桌腳跟門框，做雙重阻礙，兩個人匆匆的束起窗簾，馮千靜推開落地窗，瞬間整個人差點飛出去！

「喂！」毛穎德及時拉住了她，她也扳住窗子。

隻腳懸空，她詫異的看著落地窗外，曾幾何時陽台已經不見了！

「心機好重喔！」扳住窗子再爬回來，探頭出去左右張望，這邊所有的陽台都消失了！

「這樣子會縮短距離，大家跳的時候得更奮力。」毛穎德往下探查。

如果有陽台，站在陽台往前跳，就能更加跳得更遠，以遠離這片庭園，腳沒有斷掉的情況下，可以很快前往停車場……就算腳斷了，用爬的距離也比較短，但現在沒有陽台，再怎麼跳也都會落在草地或灌木叢附近。

他們不由得想起消失的櫻花樹。

「陳睿彥！」馮千靜走出房門，「該走了。」

「什麼？」他還在掙扎著想等林淮喆回來，被馮千靜一喊都傻了。

「你先走。」她一邊說，一邊上前拽過郭岳洋，「你也是！」

「咦咦！爲什麼……要從哪裡出──」郭岳洋一邊嚷著，一邊被扔進房間裡，跌跌撞撞的感受到寒冷的夜風，看見的是敞開的落地窗。

是啊，從這裡是最快最直接的！

「我不能走！林淮喆他們、吳雯茜跟唐家瑜都還沒出來！」陳睿彥抗拒著，不停後退。

現在大家也太講義氣了吧？一開始時不是爭著要跑嗎？馮千靜直接上前，突然來到他身後，冷不防由後一勾，鎖住他的喉嚨，借力使力往前一扳，將他雙腳往前踢，陳睿彥人跟著一倒，轉眼變成人體拖車——咦？

陳睿彥完全傻掉，直接被拖往房間去，幾秒後才想到該掙扎的扭動雙腳，試圖蹲下身子讓重心向下，迫使馮千靜鬆手。

不過她是用左手扣的，腳再往他屁股一踢，他整個人痛得拱起身子，這下更好拖了。

「不要掙扎比較好喔！」路過郭岳洋時，他用一種過來人的眼神看著他，「真的，放輕鬆對你有好處的。」

放什麼輕鬆……放……喉間一鬆，陳睿彥嚇得以為自己要摔地上，但是另一股力量直接拎起他衣領，逼他站直身體。

「跳下去後一定不能停留，爬也要立刻離開庭園到停車場去！」毛穎德警告著，「跳得越遠越好，千萬不要落進灌木叢裡。」

「我……你們先走，讓郭岳洋……」

「我們需要你在下面接應我們！」毛穎德低吼著，「我們需要一個理智冷靜的人！」

郭岳洋頓了兩秒，「喂！」這不是擺明了說他們不冷靜又不理智嗎！

「那是事實。」馮千靜拍拍郭岳洋，叫他準備，「你下去的話第一件事就是拍照，歡呼，搞不好還點藍勾勾做直播！」

唉呀！郭岳洋肅然起敬，糟糕，他剛剛眞的跟夏天談論過這個，說應該要直播都市傳說在消失房間的過程……不過剛剛白白的事帶給他們太大的震撼，他也不忍轉播了。

馮千靜急忙的往外跑，「夏天，開完了沒？」

夏玄允就在斜前方的房門前，一臉凝重，「到現在都沒回來，是不是眞的需要鑰匙？」他說著，互絞的雙手居然在發抖。

「那不重要了。」馮千靜立刻來到他面前，緊緊握住他的手，「你盡力了，現在想的是保住自己，我不想再看到任何一個人消失了。」

夏玄允嚥了口口水，緊張的望著她，「包括我？」

她有些訝異，微瞇起眼，「你是太久沒被折了嗎？」

唔！夏玄允飛快的搖頭，他是有點懷念被折的過程，但是不不不，陪小靜練格鬥很痛耶！

「哇啊啊啊——」陳睿彥的叫聲在空中迴盪著，他跳出去了——砰！

「沒掉進灌木叢！陳睿彥！沒死快點離開！」毛穎德倏地回首，「下一個！」

這一回頭，看見的是兩個眼眶泛淚的小朋友急著要往門口衝，馮千靜一步擋住，「幹什麼啦？」

「我不想跳啊！這怎麼跳得下去啦！」郭岳洋嚷嚷著。

「才二樓。」

「不是高度的問題，是要我看著跳下去很可怕！」夏玄允認眞的喊著，「這需要心理建設的！」

唉，馮千靜搖頭，突然拿銀棍掃掉郭岳洋的腳盤，他瞬間砰乓落地。

她俐落的繞到他頭頂前方，拉起他的手就往窗邊拖——「哇！夏天！夏天！」

夏玄允呆站在原地，忍不住咬了唇，「放輕鬆，眞的，對你眞的比較好！」

咚——駭人的巨響倏地傳來，讓大家驚恐的提高警覺，毛穎德立刻離開窗邊衝出房間查看，馮千靜則把握時間把郭岳洋拖到窗戶邊。

「站起來，我會幫你！」她從背後輕而易舉的把郭岳洋整個人拉起，「站穩！」

「嗚，我以為妳要丟我出去！」郭岳洋一副驚魂未定的樣子。

「窗戶太窄，不夠寬不能甩。」馮千靜認真的回應著，郭岳洋詫異的望著她，她還真的想過把他扔出去！

毛穎德跟夏玄允同時往外看，他們這邊的走廊也在收了！

「啊啊！來啊！過來啊！」阿德烈突然往他們這裡奔來，「全都消失好了，這棟屋子一開始就不該存在！」

「那你就不要蓋啊！」夏玄允驀地朝他吼著，「這一切都是你造成的你還敢說！」

「哇——」馮千靜一腳把郭岳洋踢下去，他根本來不及反應的發出長嘯聲。

「去去！」毛穎德推著夏玄允往馮千靜那邊去。

「我不能先走，萬一誰不見了我要幫忙啊！」夏玄允執著的原來是這點。

「我們誰都不會再消失，該消失的只有房間跟這棟屋子。」馮千靜上前拽過他，這次不假思索的直直往落地窗衝，然後不等夏玄允站穩就把他甩出去。

「小——靜——啊——」

樓下手電筒的燈晃著，陳睿彥跟郭岳洋正在接應摔出去的夏玄允，他飛得最遠，因為是被甩出來的。

消失的房間在剩六間房時突然停了，毛穎德無法放下阿德烈的跑到樓梯口附近硬把他拖過來，此時此刻，斜對面房間裡的廁所，踉蹌伴隨著尖叫，衝出了一出來就撲倒在地的女孩！

「哇——啊呀——」

馮千靜站在門口，詫異的看著她。

「吳雯茜！站起來，快點過來。」她沒時間接她，立即轉頭向左方，「毛穎德，你管他做什麼！他有自己的選擇！」

「他選擇自生自滅啊！」毛穎德實在無法放下哭泣的阿德烈。

「那也是他的選擇，不戰而敗的傢伙！」馮千靜再正首，看著趴在地上，恐懼的左顧右盼的吳雯茜，「吳雯茜！快點啊！」

吳雯茜看向門口的馮千靜，她回來了她回來了！撐起身子歪七扭八的半滾出來，一衝出來立刻抱住了馮千靜！

「妳是眞的吧？我出來了！我出來了!!」她尖叫著，馮千靜耳膜都快破掉。

「恭喜，現在快點從後面那扇戶跳下去，一跳下去就要即刻離開，衝到停車場去。」馮千靜趕緊扳開手，把她往裡推。

咦？吳雯茜被推得不穩，往裡摔去，看著敞開的落地窗，還有下頭照射上來的燈光，「跳下去？」

「才二樓。」馮千靜催促著，「下面有三個王子在等妳，這樣想心情會好一點。」

「並沒有！」吳雯茜喊著，恐懼的往窗邊去，果然看見夏玄允在下面揮手。

「吳雯茜！是吳雯茜！」陳睿彥喜出望外的聲音傳來，「快點下來！我們都在！」

「你們會接住我嗎？」

「呃……不會！但妳還是要跳！」

後方傳來吼聲，而在樓梯口的玄關處，阿德烈緊握著欄杆不願離開，毛穎德還在那邊死拖。

「毛穎德！」馮千靜內心怒火翻湧，極度不爽，「已經為他犧牲了這麼多人了，他自己看不開誰也沒辦法！」

每個人都有自己的生命課題，人生就是場擂台賽，困難失敗險阻一定都有，沒有人能理解他人的課題、也不需要理解。

唯一能處理這些事的，只有自己，因為那是自己的人生！

阿德烈選擇在自己的擂台上舉白旗，那就舉吧，冠軍腰帶就會是都市傳說的，它擊敗了他！

Ann餓死前，一定幻想著丈夫會如白馬王子般來救她，但結果不幸，她也不會希望阿德烈以這種方式存活下去！更不願意他即將為了她，一起消失！

喀叮！牆壁倏而液化，在走廊口的側邊，竟有牆橫出了——跟林淮喆他們剛剛的狀況一樣！

「毛穎德！」馮千靜尖叫著，立刻往前衝。

毛穎德一瞧見牆竄出，不得不放下阿德烈，手刀奔向馮千靜，但是那貿然竄出的牆卻遮去了大半走廊。

如果牆堵上，屋子等於把馮千靜鎖在只剩兩間房對開的走廊上，把毛穎德跟阿德烈都鎖在了那二樓玄關與左側六間房的範圍中。

下一次，就是全然的消失了吧。

鏘！馮千靜不可能讓屋子得逞，她說過，最討厭都市傳說了！

僅剩的銀桿橫在新竄出的牆與舊牆中間，馮千靜採取橫放，以爭取最大的空間，因為這根桿子，有超過三十公分長。

「我看著呢！」她大喝，「我看得見毛穎德也看得見阿德烈！」

消失的房間不是不喜歡人看嗎？不是很會腦羞嗎？

儘管銀桿隨時可能會被無名力擠斷或壓扁，毛穎德依然沒有猶豫的直接從銀桿擋下的縫隙中鑽了過來。

他不能猶豫，平安與否是百分之五十的機率。

只是等他安然一鑽過來，那牆竟倏地退後，收進了原來的牆裡，並不打算把阿德烈隔開。

哇！馮千靜圓了雙眼，這屋子眞的對阿德烈很故意耶！

阿德烈也察覺了，他不可思議的看著收回的牆，他原本以爲，自己終於可以在消失的房間裡了……

「走了。」馮千靜拉過毛穎德，回房間時吳雯茜已經跳下去了。

「還有好些人……」毛穎德相當遲疑。

「吳雯茜才剛回來，剩下的也快了。」她其實也是不安，「門我能抵就抵著了，如果他們回來希望能看得懂。」

毛穎德仰頭看著窗簾，突然上前使勁把簾子拽下來，他覺得這樣會比較明顯些。

「你想怎樣!?爲什麼不讓我離開!?」阿德烈在外面發狂了，「我可以燒你一次，我就能燒你第二次！」

他使勁的踹門、踢牆，但是阿德烈忘記了，屋子裡已經沒有廚房，除非他能等到唐家瑜回來，因爲照理說，她該跟主廚房一起出現。

現在左右各剩六間房，扣掉白白一間、逃亡一間，有十間的機會。

馮千靜把背包轉到前頭，瞥了毛穎德一眼，他狐疑於她隱晦的眼神，直到她從背包裡抽出了……

信號彈！毛穎德眼睛瞪得比銅鈴還大。

「我上次在老師家時就說過了，我想燒了房子。」她也顯得有些尷尬，「我後來只要跟你們出來，我都帶著。」

上次在滿是隙間女的屋子裡時，馮千靜曾問說可以燒了那間屋子嗎？他記得他還回答下次吧！

哇塞，她現在眞的帶在身上了啊！

「放火的話，回來的人會不會……」他挑了眉。

「不燒的話，都市傳說不會停止。」她緊握兩根信號彈，雙眼炯炯有神。

毛穎德深刻的點頭，突然拿過信號彈，走到抵住門口的桌上，撕下桌上的便條紙書寫。

那就請最後一個離開的人放火吧！

敞開的房間既然不會消失，那最後要離開的人只管放火燒掉這間都市傳說。他用信號彈壓著紙條，擺在桌子角落靠門的顯眼處，任誰都看得見。

馮千靜深吸了一口氣，她能感受到屋子的敵意變得更重了。

「都市傳說好像不太高興，因爲我打算燒掉它。」

「是我也不會太高興。」毛穎德拿著手機手電筒往下照，看起來吳雯茜有受傷，但其他都還好，「妳先。」

「什麼我先，你快點。」馮千靜直接把他往前推，他嚇得抵住窗框才沒眞摔下去。

「喂！沒有讓男孩子先跳的道理！不能每次都讓妳涉險！」他拽過她，「快點，妳一下去我就跟著離開。」

馮千靜輕盈一閃身，從他手中硬生生溜開，快到毛穎德都不知道她到底是怎麼閃的！

「不要跟我爭，我的反應比你敏捷，而且你先下去的話，萬一有事可以接應我！」她推著他的臂膀，兩個人居然在這緊要關頭角力。

樓下的人看得一清二楚，簡直瞠目結舌。

「現在是爭這個的時候嗎？」陳睿彥抱著頭疼。

「小靜一定會叫毛毛先跳，毛毛絕對是說不能讓女孩子殿後！」夏玄允太瞭解了，「不要再爭了——」

上頭兩個簡直是在玻璃窗邊上演角力戰，但一陣紅色的火光讓他們嚇得差點睜不開眼！

「哈哈哈哈！我說會燒了你的！一定會！」阿德烈竟點燃了信號彈，「燒！燒光你們！」

他直接點燃地上的窗簾、點燃床鋪，完全失控的一腳踹開桌子——桌子？

「不能移開桌子！」毛穎德大喝著，但阿德烈根本聽不進去。

女孩倏地上前擁住他，擋下他欲衝到門口喬桌子的衝動，「沒時間了！」

她抬起頭，映著火光的雙眼熠熠有光。

然後把他推了下去。

在毛穎德飛出窗子外時，他眼裡看著的不只女孩，還有她身後那扇逐漸關上的房門，那百分之百絕對會立刻成為消失的房間的房間——

「馮千靜狼狽的摔在S大操場上，跌了個狗吃屎！」

唰！

毛穎德落地，掉在灌木叢與草地上，他毫不猶豫的立刻躍起，眼睜睜看著他

剛觸及的灌木叢移動。

「毛毛！」夏玄允急得往前數步想揪他，他示意不許過來，自己直接往外衝去。

再回首時，已經是在庭園範圍外，左手的劇痛讓他得由夏玄允跟郭岳洋撐著才能站穩身子，那是如千刀萬剮的痛楚，代表著都市傳說正在活躍嗎？

揚起頭，他剛剛躍出的那扇窗子已經不再有火光。

「剛剛不是還在燒嗎？」陳睿彥焦急的問著，「爲什麼突然間沒有了？誰放火啊？」

「阿德烈，他點燃信號彈後把房門關了。」毛穎德痛苦的咬著牙，「房間鐵定是消失了，所以現在是沒有失火的房間。」

咦？這個答案，震驚了四個人。

「可是……等等，」吳雯茜發抖著手掩嘴，「馮千靜還在上面啊！」

「小靜……不可能！小靜——」夏玄允衝上前大喊著，「馮千靜！」

她不在……拜託她不在，這肉咖沒用的言靈，即使他在都市傳說中時也沒使用，就是爲了這樣危急的一刻，他是爲馮千靜留下的！

拜託一定要實現，在操場跌個狗吃屎是非常簡單生活化的事，誰都會仆街的不是嗎？

轟！火勢突然從另一邊的窗子炸開，玻璃紛紛震碎，陳睿彥趕緊將大家往後推得更遠，不能太靠近噴射範圍。

屋子外的樹木及灌木叢開始疾速移動，毛穎德留意到他在意的櫻花樹，默默的回到了原來的位置。

「小靜……小靜被帶走了……」郭岳洋還在看著本子，「不，不行，不能讓房子燒掉，否則夏天就不能把小靜帶回來了！」

轟砰——餘音未落，一樓竟然也竄出一團火光，火蛇開始劇烈燃燒，幾乎在幾秒內吞噬了二樓左半部所有的地方。

陳睿彥趕緊打電話報警，郭岳洋說得沒錯，雖然這屋子的存在就是都市傳說的存在，但是如果全部燒光的話，馮千靜就沒辦法回來了！

「小靜！妳等著！」夏玄允雙手圈成圓筒狀對著屋子哭喊，「我一定會帶妳回來——」

「不、必、了。」

咬牙切齒的聲音，從他們身後傳來，所有人都僵住了，不可思議的緩緩回過頭。

陳睿彥立刻拿著手電筒照向她。

滿臉髒污的馮千靜一拐一拐的朝他們走來，身上有點狼狽，衣服破了，臉也有些許擦傷……最奇怪的是，她頭髮上還有草耶！

「小靜！噢小靜！」夏玄允是用暴衝的方式撲向馮千靜的，「妳怎麼出來的？也太……嗯？」

「小靜妳好厲害！」郭岳洋也興奮到失控喊出來了，「不愧是我的偶像！」

原本抱著她的夏玄允卻有點遲疑，皺起鼻子，「好像還臭臭的……屍臭果然很難消散！」

「欸……」郭岳洋也聞到了。

「這不是屍臭，是狗屎。」她沒好氣的揉揉手，有夠疼！

揚睫看向站在前方憋笑的毛穎德，她不爽的瞇起眼——肉咖言靈到底說了些什麼？

「妳……摔了個狗吃屎嗎？」毛穎德得好生克制，才不至於噗哧出聲啊！

情況危急，他沒有時間修辭嘛！結果她眞的摔在不遠處的操場……以及一堆狗屎上面嗎？

噗哈哈哈哈！

「很爛的方法！」她氣呼呼的，臉上袖子全身狗屎，嚇得夏玄允跟郭岳洋退避三舍！

她當時一點心理準備都沒有，緊接著彷彿被屋子扔出去……不，是有股拉力硬把她抽走，重重摔在操場上，更爛的是，還跌在一坨狗屎上！

爲什麼要說狗屎啦！混帳！

「妳爲什麼會碰到狗屎？」郭岳洋好心疼喔！

「哈哈哈！」夏玄允眞的忍不住了，「眞的是摔個狗吃屎耶！哈哈哈！」

毛穎德不禁撫額，夏天你不要再火上加油了啦！

「呵……」吳雯茜笑著但也哭著，不管如何，至少馮千靜安然無恙。

「幸好……」陳睿彥仰首看著火勢越來越驚人的美麗莊園，差一點她也就陷在消失的房間了。

砰！房子深處傳來更多類似爆炸的聲音，陳睿彥趕緊再推著大家到更遠處，消防車由遠而近，已經快到了！

「我以爲大部分的房間都消失了耶……」郭岳洋好奇不已，「但是火勢怎麼會這麼驚人？」

「不說別的，你們看……」夏玄允指向左邊竄出火舌的窗子，「後面的房間不是已經消失了嗎？用一堵牆隔開林淮喆跟我們？」

「可能跟我一樣，你們看以爲封住路的牆後面沒有東西，但事實上屋子沒有變小，空間也沒消失，其實存在於原地。」毛穎德輕嘆。

「即使如此，可是如果已經隔開的話……火怎麼會燒過去？」吳雯茜開始也覺得奇怪了。

消防車抵達，他們被要求再撤離到安全範圍封鎖線外，在拉水線時，又是零星的爆炸，玻璃聲爆破的聲音驚人！

「一樓都是落地窗！空氣助燃，大家小心！」

「是！」

一樓……都是落地窗？

學生們面面相覷，陳睿彥冷不防往前衝，他要看！就看一眼，確認屋子是不是恢復原狀了？

「夏天！」

林詩倪三人騎著機車趕來，看見外面站著的人數，仔細一數就知道不幸，林詩倪忍不住哭了起來，可是看見自己人都還活著……眞的是一喜一憂。

「有人！有人在東側！」遠遠的，他們聽見消防隊員的吶喊！

東側？郭岳洋跳了起來，「那是廚房後門的方向！」

啊啊啊……吳雯茜也激動的沿著封鎖線想往裡面看，陳睿彥一直在前方踮著腳尖，希望可以多看到一些……是唐家瑜嗎？還是林淮喆？小賴？

「出來了！小心！」

一群消防隊員護著彎身的人們前來，大喊著需要緊急救援，有一個人肩上還扛著人！

馮千靜他們跟著緊張的衝上前，緊揪著一顆心，期待看到出來的同學，吳雯茜出來後，應該有更多人出來，如果不是阿德烈點燃信號彈的話，人人都有機會的！

滿臉黑灰的林淮喆跟小賴，分別扛著該是阿德烈的人，痛苦的跪上地。沒有女生。

吳雯茜一瞬間眼淚飆了出來，沒有女生……唐家瑜！唐家瑜呢？看著他們被濃煙嗆得咳個不停，相關人員迅速的將他們放上擔架，而林淮喆慌亂的在人群與刺眼燈光中尋找熟悉的面孔。

「林淮喆！這裡！」陳睿彥激動著，聲嘶力竭的高喊，伴隨著揮動的手。現場再嘈雜，他還是聽見了。

看見封鎖線外的人，看見哭泣的吳雯茜，林淮喆豎起大拇指。

淚水不停滑落，他們是「都市傳說社」，第一次遭逢都市傳說，但是他……再也不想遇到了。

他眞的沒這麼喜歡都市傳說！一點都不喜歡！

砰！橘色妖嬈的火燄吞噬了夜空，吞噬了本該華麗的莊園。

卻永遠吞不掉都市傳說。

尾聲

S大「都市傳說社」美麗豪華的活動中心付之一炬，因爲材質全是木造，火勢因此一發不可收拾；以前的地主李伯毛骨悚然的說，三十年前同塊地、一樣的屋子也是毀在一場大火裡，當年他欣喜若狂，如今他額手稱慶。

大頭半夜按電鈴，就爲了問他那棟不祥屋子的事，他不停的對大頭唸：爲什麼會蓋出一棟全然相同的莊園在那裡？過去他祖先不敢燒不敢拆，就是因爲太多人失蹤了啊！

傭人客人親戚孩子，總是一轉眼間消失無蹤，房間消失、新增、取代，嚇得祖先沒兩個月就搬離，他們也不敢跟警察說，就算講了也沒人信，就此成爲廢墟；李伯現在還堅信那塊地上有邪魅作祟，不敢燒不敢毀，後來意外失火後他開心極了，試著單純土地利用相安無事。

所以他賣地給學校時還千交代萬交代，絕對不可以蓋教室或宿舍！

嚴格說起來，只要是「房子」都不行。

大火過後，消防隊員清查了屋子殘骸，馮千靜緊急聯繫章警官前來幫忙，因爲裡面應該有大柴下半身的遺體、可樂頸子以下的屍體，她不知道該怎麼解釋。

但是，結果卻令人驚訝。

一群學生從靈堂步出，家屬們用敵視的眼神瞪著他們，視線壓力相當龐大。

「我覺得全身要被燒穿了……」夏玄允小小聲說。

毛穎德推了他一下，噓！現在是說話的時候嗎？

他們疾步往前走，一直到離靈堂一段距離後，才舒口氣。

「唐家瑜的父母對我們有怨言是自然的。」林淮喆語重心長的說著，「畢竟我們是活動主辦，最後又留她一個命葬火窟。」

唐家瑜的屍體在二樓發現的，就是吳雯茜出來那間的隔壁，夏玄允也的確使用那間房希望能讓她回來；或許那間房眞的變成了廚房，只是唐家瑜回來時火勢已過大，她來不及求生。

「我跟小賴的確被封在走廊裡，我們往尾端走也沒有樓梯，想要打開其他的房間也全部打不開。」林淮喆瞥了小賴一眼，「多虧這傢伙的歇斯底里，後來他一直失控的每扇門都開，突然間有一間就開了。」

小賴尷尬的搔搔頭，「我沒辦法，我那時眞的太恐懼了，後來簡直失控，有一種瞭解阿德烈的感覺。」

小賴扭開門把後驚呼著，林淮喆跟著上前，只是門一推開，小賴整個人就往前摔，林淮喆跟著一起，雙雙在樓梯上滾動。

吸第一口氣就被濃煙嗆傷，四周全是火，但至少他們在熟悉的樓梯上、大門就在眼前。

只是要離開前，林淮喆忍不住往二樓看去，瞧見的是從二樓欄杆處垂下的手。

「所以屋子在被燒時恢復原狀嗎？房間、樓梯、連門窗都回覆到阿德烈設計時的本樣。」郭岳洋倒是相當驚訝，「但是大柴他們卻不見了。」

「我那時沒看仔細樓梯下方還有沒有他們，但是現場勘驗過，只有唐家瑜一具屍體。」

從頭到尾，像是只有一個人燒死在裡面似的。

但是大柴、可樂他們的家人自然會來找人，林淮喆老實說大家都在屋子裡，失火是阿德烈的失控，大家倉皇逃生，根本不知道誰在哪兒。

生要見人、死要見屍，如果孩子在屋子裡，爲什麼會連具屍首都不見？

不只是可樂跟大柴，連白白的碎屍塊也都沒有留下，所以現在一共有四位失蹤人口……包括靜雯學姐。

「簡單的分類，在那屋子裡死亡的屍體全部消失，也就是房間的消失；但是之前消失卻被夏玄允帶回的人，都在失火後順利返回。」陳睿彥整理著順序，「連那個腐爛學姐、或是阿德烈的妻子，都沒有存在的跡象。」

「我倒覺得他們還在啊……」夏玄允幽幽的說出了驚人之語。

毛穎德擰眉看他，又在說些什麼？

「在哪裡？」吳雯茜焦急的問，「如果能找到的話——」

「那就得再讓阿德烈建造一間相同的屋子了。」夏玄允苦笑著聳肩，「我覺得都市傳說一直都在，只是消失的房間畢竟還是需要房間嘛！」

S大學生飛快的搖頭，說什麼都不能再蓋一棟房子了！

「不過這樣一來……」林淮喆長嘆一聲，「大柴他們，也變成都市傳說的一部分了。」

「進入活動中心的學生們，再也沒有出來過……跟那個學姐一樣，會變成校園的怪談傳下去吧！」吳雯茜禁不住哽咽，「至此我才明白，所謂傳說、所謂怪談，一開始總是有段悲劇。」

再更深一層想，說不定唐家瑜這樣子的結果，也比在廚房裡活活餓死好。

「我倒覺得變成傳說的一部分很威啊！」夏玄允卻一臉羨幕的樣子，「而且幸好他們沒有太多的痛楚或折磨……像你們那個靜雯學姐就有點慘了。」

林淮喆他們後來刻意去找了晴學姐，告訴她事實的眞相，關於她們遇上都市傳說的事，靜雯學姐只怕是被帶走了，隨著屋子的燒毀，或許再也回不來；大家很有默契的不曾提到屍體一事，不希望讓晴學姐有任何內咎之感。

「不管哪個都很慘，沒人喜歡變成傳說！」毛穎德很想照頭巴下去，「最好是不要再遇到！」

「但是我們是都市傳說社耶！」郭岳洋還幫腔，「能遇到都市傳說，不是一件最棒的事嗎？」

毛穎德跟馮千靜不約而同的看向林淮喆他們，這幾個人搖頭搖得激動，一點都不想！

「我本想解散社團……經過這次事件，已經一堆人退社了。」林淮喆想到內心就揪結，「老師跟學校也在關心。」

「但是我們覺得正因爲遇到了，所以社團有存在的必要……至少看能不能跟你們一樣，提醒大家都市傳說的危險性。」陳睿彥其實一直面露哀傷，「還有我們遇到時該怎麼辦。」

「我們社團的文件都是開放的，你們可以參考喔！」郭岳洋說起這個，下巴抬得可高了，因爲都是他整理的。

「唉。」林淮喆望著夏玄允跟郭岳洋那神采飛揚的模樣，實在難以理解，「我不明白你們爲什麼能這麼開朗？難道你們都沒有失去過同學嗎？」

「怎麼可能沒有！但是這就是遇上都市傳說的風險啊！」夏玄允亮著雙眸，「我們做好最壞的打算，但盡全力去幫忙，如果不行也沒辦法，你怎麼敵得過都市傳說！」

「最重要的是沒事不要去找都市傳說！」馮千靜說著重點，「都是你們兩個！我們社團爲什麼就這麼容易遇到都市傳說？」

夏玄允跟郭岳洋一臉無辜的回望著她，「又不是我們找的……都市傳說不是說能遇到就能遇到啊！」

馮千靜翻了個白眼，懶得說太多。

今天的她，又恢復了初次見面的模樣，寬鬆的外套與褲子，凌亂頭髮加厚重的眼鏡，遮去臉龐的前髮，從見面到靈堂出來一直都不太說話，再度成爲內向的女孩。

「妳又變成那個怯生生的馮千靜了。」陳睿彥笑著說，「我覺得妳在那間屋子裡時比較好看。」

「何止好看，我覺得妳超正的！」林淮喆由衷的說。

毛穎德巧妙的移動步伐，直接擋在馮千靜面前，沒有笑容帶著幾絲怒火的瞪著兩個男孩：請問現在是什麼意思？

「哇！」吳雯茜咬著唇竊笑，「男友生氣了。」

男友？毛穎德倒抽一口氣，「不要亂說！我們就朋友、室友。」

「喔，室友。」林淮喆憋著笑，他應該看看他失蹤時，馮千靜那副模樣，還室友咧。

陳睿彥是有點惋惜的，因爲他還挺喜歡馮千靜的，只是看得出她跟毛穎德之間有所羈絆，聽說還眞的住在一起，要爭似乎不太容易。

「那我們就先回去了。」林淮喆走到自己的車邊，「後續還有很多事情要處理。」

「好！掰掰。」郭岳洋溫柔的笑著，「有空常來我們社團坐喔，我們可以相互討論切磋！」

「好！」雖然他們沒有很希望再有別的「經歷」切磋。

就這樣，原本是兩間學校「都市傳說社」的比拼，最後卻是遇到「消失的房間」，再來折損了許多人，而且出事的都是S大的學生；不知道是跟經驗值是否眞的有關，看著遇上都市傳說都能處變不驚的A大，他們也只能甘拜下風。

而且再也、再也不敢對這都市傳說輕忽了。

「好了，說正事。」看他們一上車，毛穎德立刻扳起臉孔，「夏天，你有沒有仔細去思考你爲什麼能力抗都市傳說？」

「我沒有力抗，我只是把消失的房間再拉回來而已。」夏玄允說得很心虛，「好啦，我知道你的意思，但我眞的不知道爲什麼！」

「夏天他不會知道的，這也是我在統整時手寫下才歸納出來的。」郭岳洋其實心底是擔憂的，「我把發生的事情每個步驟都寫下，才發現每一次都是夏天開的門。」

「最後連鑰匙都不必，所以鑰匙只是一種假象，其實只要是夏天去開那扇門，就能把人帶回來對吧？」馮千靜其實很在意某件事。

那就是白白。

當時林淮喆抵住門，在門強行關上時，她用銀桿阻止了門的關閉，但是、但是那最後衝過來開門的是夏天。

如果那時開門的不是夏天，消失的房間會呈現強硬靜止嗎？白白會變成塊狀炸裂嗎？她對這件事始終存疑。

「說不定是巧合，我讓可樂回來那次，我在開關門時都會在心裡許願，像是希望242房間快點回來，希望開門就是誰之類。」夏天看著他們，「你們呢？有這樣祈禱嗎？」

他們幾個搖頭，眞的沒做這麼多、也沒想這麼多。

「那個靜雯學姐也是在這樣的意外中回來的，夏天關門時有提到那位學姐。」郭岳洋思忖著，「眞的是因爲祈禱嗎？這要有用的話，阿德烈應該早就找到妻子了吧？」

阿德烈，全身二度燒傷，現在仍在加護病房，醫生發現他比其朋友轉述的要老上許多，器官都是上了年紀的衰竭，並不像是三、四十歲的壯年人啊！

林淮喆去看過他，卻被他激動的趕出去，或許他寧可死在那間屋子，也不想再回到這個時代吧！總之，醫院覺得他狀況不樂觀，能撐多久是多久。

燒傷的痛是種煎熬，馮千靜卻覺得恰如其分，他的自私，造成了多少人的痛苦哀傷，還有多少人的死亡，他是應該多少分擔點。

「阿德烈的狀況不準，他當初燒了那間屋子。」毛穎德立即駁回。

「燒掉之前他有在屋子裡找人啊！」夏玄允記得至少開過每間房間的門。

「我還是覺得跟夏天本身有關。」馮千靜出聲，「你的左手、他的反常，都是因爲接觸到太多都市傳說的關係。」

「咦？」郭岳洋一臉失望，「那我怎麼沒有！妳呢？小靜？」

馮千靜扁了嘴，她覺得耐性越來越差，火氣越來越大，而且晚上非常想抓這兩隻來練習格鬥算不算一種「變化」？

「聖誕夜後，的確……」毛穎德撫著自己的左肩頭，「自己去招惹的傷，說不定聖誕老人早知道了，所以以此懲罰我的作弊。」

「那也好，當作一種警報器吧。」她沒好氣的瞪著後面兩個男孩，「總比這兩個遇到都市傳說就樂瘋的傢伙好！」

「我做夢都沒想到會遇到『消失的房間』啊！」後面果然還在興奮，「不過都市傳說會不會很討厭我啊？」

「會。」前面兩個人異口同聲，回頭秒答。

他們如果是都市傳說，想起好不容易搞個房間消失，又有個死小孩硬把房間召回來，不生氣才怪！

肩併著肩走著，毛穎德悄悄的瞄著右手邊的手，好像往前碰一點點，就可以牽到……牽到馮千靜的手了。

碰一下，萬一她瞪他……就假裝不小心好了！

「唉！」右手邊的女孩嘆氣，伸手就勾住他的右臂，「幸好你回來了，不然我可能會殺了夏天。」

她勾住他的手！她勾住他的手她勾住他的手她勾住他的手她勾住他的手！

夏玄允聞言一顫，卻也看見了前方兩個狀似……根本親暱的兩個人！馮千靜整個人都貼上毛毛手臂了！

「她不會的。」郭岳洋笑笑，拍拍夏玄允，「但她可能會恨你一輩子。」

「你知道我不可能放毛毛一個人在那裡的。」夏玄允劃滿笑容，毛穎德失蹤那刻，他比馮千靜還要恨自己。

爲什麼要堅持留下來？爲什麼非得讓毛毛他們涉險？爲什麼這麼粗心大意？爲什麼對都市傳說這麼狂熱——

哎呀，幸好有留下來！否則就遇不到這麼棒的都市傳說、就不知道自己原來有可以妨礙都市傳說的能力？妨礙？瞭解？還是……欸，管他！反正這次他救了好多人喔！

望著自己的雙手，夏玄允又一臉喜上眉梢的樣子，彎起的雙眼一副陶醉。

「你說，」郭岳洋放輕音量，「你對每個都市傳說都會有影響嗎？」

夏玄允詫異的看向郭岳洋，他們的雙眼都熠熠有光——是啊，如果連消失的房間都能喚回，是不是夏玄允其實還有辦法再做出更驚人的事？

「不會、不可能也不允許！」

冷不防的，明明在前面放閃的兩個人，不知何時不僅轉了回來，還直接站在他們面前。

「你不要想去挑戰都市傳說喔！」毛穎德語帶警告，「不過是巧合，不許得寸進尺！」

「說不定可以救更多人。」夏玄允咕噥著，「如果之前就有這個能力的話喔……」

「你想點正常的事好不好！」馮千靜突然勾過夏玄允的頸子，「例如，我好幾天沒有活動活動筋骨了，欸……」

那天在操場上摔倒後，休養這些天是好多了。

呃……夏玄允皺起眉，看著郭岳洋求救……不，洋洋，有難同當啊！

「乾脆來打擂台賽好了，我當裁判！」毛穎德直接提議，「妳就對夏玄允跟郭岳洋！」

「毛穎德！」郭岳洋驚呼出聲，「都是同學，有需要這樣嗎？」

跟馮千靜打擂台，那不是要連續一星期都站不直身子了啦！

「哈哈哈哈！就這麼說定了！」毛穎德還在那兒大笑，「馮千靜，妳不會怯戰吧？」

什麼？夏玄允簡直不敢相信，「毛毛，你問錯人了吧？你可以試著問我啊！」

「晚上我們去吃大餐好了！」毛穎德根本沒在聽他說話，「郭岳洋，想想要吃什麼！」

夏玄允可憐兮兮被馮千靜拖著到車邊，嗚，他可以怯戰嗎？

「那個，」他突然抬首，「希望妳跟毛毛能順利。」

嗯？馮千靜低頭，鬆開了手，「唷，看開了啊？」

「什麼看開！我只是覺得……好像沒那麼嚴重。」他勾起迷人的嘴角，酒窩就在臉頰綻放，「因爲妳滿身狗屎出現時，我也是想第一個衝上去擁抱妳耶！」

換句話說，他只是太重視每個人而已，毛毛當然是更特別的人，但是看見他們勾著手，他反而覺得心情放鬆許多。

「謝謝！」馮千靜悄悄望著前方的背影，笑得甜美，「喔，不過這樣並不能抵消晚上的擂台賽！」

「嘎！」

坐進車裡，由毛穎德開車，馮千靜坐在副駕駛座，兩個花美男自然坐在後座，夏玄允興奮的從口袋裡拿出金屬物，在後面鏗鏘作響。

「哇，你偷拿喔？」郭岳洋吃驚的說。

「哪有！陳睿彥之前就全交給我了啊，我只是不小心忘記還給他一個而已。」夏玄允瞠大雙眼，什麼偷，講得好難聽，「而且鑰匙我都還了，我只是留下鑰匙圈而已。」

什麼？前座兩個覺得沒好事，同時回頭往後看。

只見夏玄允認眞的把那莊園的鑰匙圈，仔細的繫在根本已經很累贅的鑰匙串上，橢圓銅牌，上頭刻寫著：「101」。

毛穎德消失的房間。

每遇上一個都市傳說，他都非留下一個紀念物不可。

「只有我覺得，正是因爲你們每次都收集都市傳說的東西，我們才會遇到這麼多都市傳說嗎？」毛穎德嚴正的問著，「能不能把所有紀念品都丟掉啊？」

「不行！」後面兩個男孩激動的異口同聲。

「說不定就是有這麼多紀念物，所以開發出特別磁場……那個、那個夏天才能特～別理解都市傳說！」郭岳洋開始捍衛紀念品們。

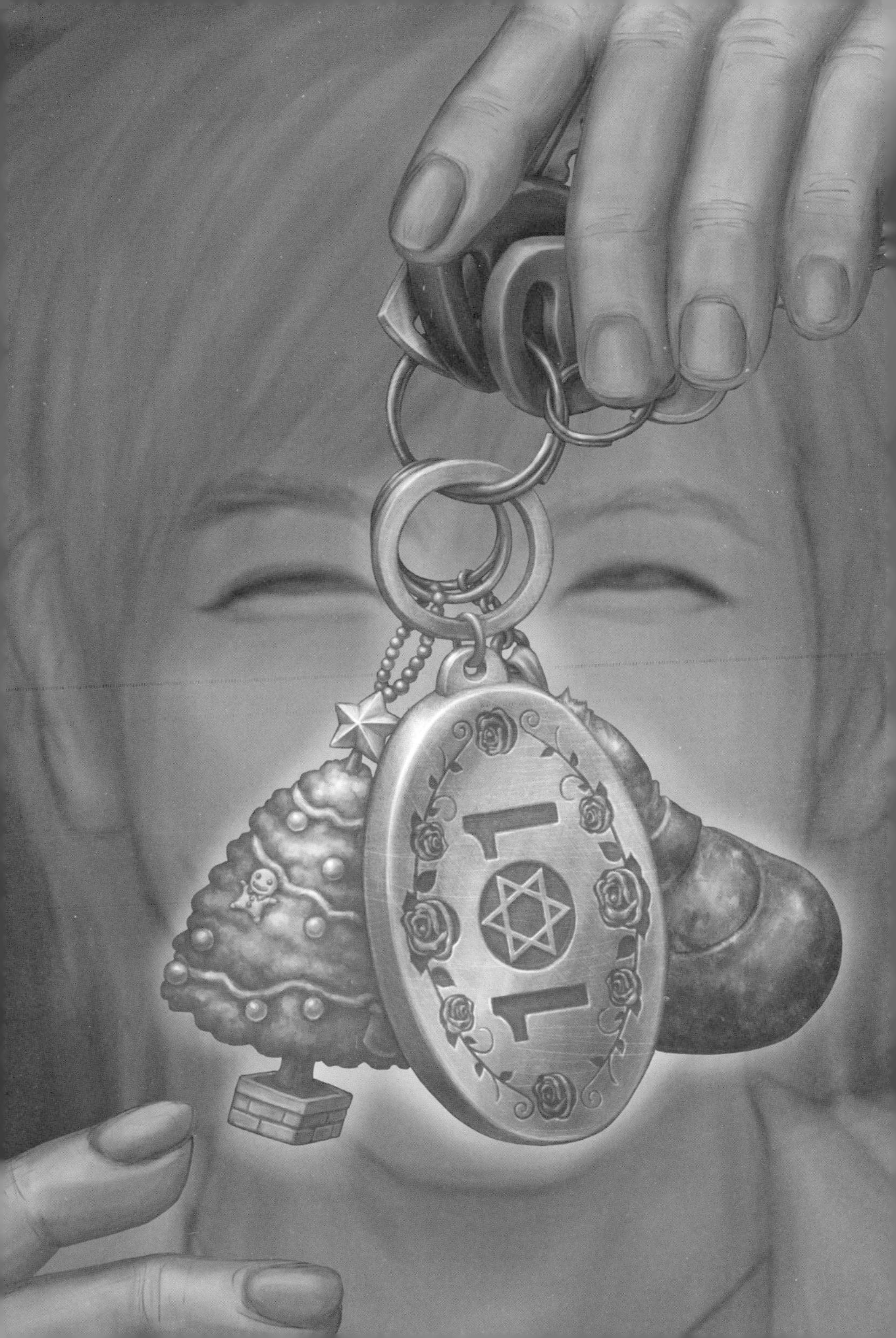

「所以才可以救出你啊！」夏玄允也拼命點頭。

「一開始不留下來不就沒事了！」馮千靜瞇起眼，直接刺中紅心。

哎喲喂呀，兩個男孩像洩了氣的皮球，怎麼轉這麼多圈，又怪上來了。

「算了，他們做不到！」毛穎德轉動鑰匙，發動引擎，「也總不能把不見的人扔下吧！」

馮千靜拉過安全帶繫上，她也認眞覺得正是社團裡有太多「都市傳說」的殘留物了！

否則，誰會一而再再而三的遇上都市傳說啊！

安全帶插板扣妥，她不經意回頭瞥了眼，夏玄允已將鑰匙圈套上，正得意洋洋的看著他那串沉重的鑰匙圈。

上面有「一個人的捉迷藏」中那個會刺人心臟的娃娃燒毀的殘骸鞋子，有「消失的房間」裡101號房的鑰匙，還有——一個看上去平凡無奇、綠色的聖誕樹。

都市傳說送的聖誕禮物。

馮千靜不由得蹙起眉，聖誕夜之後，他們究竟都收到了什麼禮物？

「救……救命啊……」男孩在一樓的地毯爬行，「林淮喆！陳睿彥！誰在啊？」

好痛！男孩哭喊著，他的腰部以下竟然不見了！

他明明剛剛還掛在二樓欄杆外頭，正準備爬上去，他連發生了什麼事都不清楚就掉了下來。

重重落地，接著感受到腰部以下的劇痛──他下半身不見了！

最可怕的是，他卻還沒有死！

「……誰……誰在下面？」樓梯上傳來虛弱的聲音。

咦？男孩嚇得撐起身子，趕緊爬出樓梯底下，「誰在那邊？社長嗎？夏天？」

啊啊，樓梯回到原來的位置了，剛剛不是移到旁邊嗎？怎麼又回到原位了？

男孩撐著身子往樓梯上去，首先瞧見的是怵目驚心的一雙斷手！

「哇！」他嚇得差點掉下去，緊接著，在樓梯上看見了一顆滾動的……頭。

那頭顱吃力的、緩慢的轉動著，一點一點的轉了過來。

「大柴？」那頭顱瞪圓雙眼，掛著兩行淚，顯得驚愕異常！

「可……可樂？」

叩咚！

天花板猛然一陣巨響，緊接著唰啦啦的掉下一堆碎塊。

「啊啊……哇！」碎塊會說話，但他扭曲到沒人認得出那是人！

因爲，他是細小的正方體啊！

碎塊散落在樓梯上、地上，到處都是，這是從天而降的詭異東西，嚇得那只有半身的男孩與只剩頭顱的男孩驚恐萬分！

「啊！」其中一個小立方體，根本只有一半眼睛，咕嚕咕嚕轉著，一旁的嘴巴張合著，「大柴？」

誰？

「我是白白啊！你……等等，你不是死了嗎？」

你不是——

「啊啊——啊啊啊——」頭顱發出悲切的哀鳴，放聲長嘯。

啊啊啊啊啊……

後記

消失的房間，一開始連我自己都會覺得似乎跟試衣間有些雷同。

不過仔細研讀後，發現全然不是那麼一回事，試衣間的都市傳說，指的是那神祕的服飾店，不管是什麼東西建立的，總之他們像張網等獵物，拿去做「藝術品」。

但消失的房間就很特別，它是整間房間會不見。

不只是在房間裡的人消失而已，有的是那間房間憑空抽離；我找過幾個版本，最久遠的版本是至少一百年前，母女兩人住在旅館裡，女兒爲母親外出買藥，回來時鑰匙打不開房門，詢問旅館人員，旅館人員卻不認得她，不記得她有來投宿，也不記得那間房間有客人；後來經理打開房間，她的母親、行李、所有東西全部都不見了，彷彿她們從未投宿過。

我也找到另一個是連陳設都不見的，再找到一個是房間抽離，連空間都不存在。

找著找著，突然覺得消失的房間……好威喔！
它就只是存在那兒，然後隨時可能整間消失不見，裡面的人呢？去了哪裡？根本沒人知道。
那爲什麼房間要消失？爲什麼要帶人走？這些也都是無解之謎，唯有被帶走的人才會知道吧！（汗）
在這裡我也參考了很久很久以前……已經不可考的年代，我甚至是亂轉電視轉到的，似乎是Discovery在介紹一間屋子，那間屋子相當獨特，它會自己增加房間、自己刪減房間。
是的，不是只有增加一間空房而已，裡面的傢俱床鋪衣櫃是一應俱全的！那兒打掃的傭人都不說，默默的清掃，算著今天樓上多了兩間，明天少了四間，久而久之，他們都司空見慣。
只是後來那豪宅整理妥當後，做成紀念館供人參觀，卻接連發生有人明明走上樓，卻沒上二樓，在中間不見了；或是有人明明左轉進廊道，後面的人跟上卻沒看到前面有人，因此沒多久該房子就關閉了。
我看到的時候，說那塊地是類似都更預定地，建商打算建高樓，只是每次派怪手要鏟平屋子總是出事，而且還是連續的工安意外，因此暫停施工；但該建設公司還是會想辦法夷平那塊地，設計圖可是幾十層樓高的辦公大樓……

我只是在想，變成大樓後，是不是每一層每一間，屋子自己都會增減了？加班一會兒，該不會就永遠走不出去了吧？

我也不知那棟屋子現在怎麼了，不過也把那份印象寫進故事裡囉！都市傳說至此也第十集了，由於很多人都在詢問，因此在這兒一併回覆，都市傳說預定十二集完結。

另外，都第十集了，也再次說明：都市傳說是一種沒有因果沒有起源沒有爲什麼的東西，眞的不適宜將鬼故事那套邏輯用在上頭，舉凡犯忌、因果、作孽必得報應、好心有好報、冤有頭債有主這種東西是不適用且不存在的。

都市傳說本就是個沒有理由與邏輯的東西啊！否則小朋友好好的走在路上，爲什麼會遇到裂嘴女呢？

或許在笭菁版的都市傳說偶爾會出現類似因果的部分，但那也是爲了故事進行，大前提的都市傳說，絕對是沒有任何理由的喔！

最後，由衷感謝購買此書的您，購書是對作者最直接與最有效的支持，因您的購買，我們才能繼續寫下去！

笭菁　2016.4.8

境外之城 063

都市傳說10：消失的房間

作　　者／笭菁
企畫選書人／張世國
責 任 編 輯／張世國
發 行 人／何飛鵬
總 編 輯／楊秀眞
業 務 經 理／李振東
行 銷 企 劃／周丹蘋
法 律 顧 問／台英國際商務法律事務所　羅明通律師
出版／奇幻基地出版
城邦文化事業股份有限公司
台北市 115 南港區昆陽街 16 號 4 樓
電話：(02)25007008　傳眞：(02)25027676
網址：www.ffoundation.com.tw
e-mail：ffoundation@cite.com.tw
發行／英屬蓋曼群島商家庭傳媒股份有限公司城邦分公司
台北市 115 南港區昆陽街 16 號 8 樓
書虫客服服務專線：(02)25007718・(02)25007719
24 小時傳眞服務：(02)25170999・(02)25001991
服務時間：週一至週五09:30-12:00・13:30-17:00
郵撥帳號：19863813　戶名：書虫股份有限公司
讀者服務信箱 E-mail：service@readingclub.com.tw
歡迎光臨城邦讀書花園 網址：www.cite.com.tw
香港發行所／城邦（香港）出版集團有限公司
香港灣仔駱克道 193 號東超商業中心 1 樓
電話：(852) 2508-6231 傳眞：(852) 2578-9337
馬新發行所／城邦（馬新）出版集團
【Cite(M)Sdn. Bhd.(458372U)】
11, Jalan 30D/146, Desa Tasik,
Sungai Besi, 57000 Kuala Lumpur, Malaysia.
電話：(603) 90578822　傳眞：(603) 90576622

封面內頁插畫／豆花
封面設計／邱宇陞工作室
排　　版／極翔企業有限公司
印　　刷／高典印刷有限公司
■2016 年（民 105）4月28日初版一刷
■2024 年（民 113）8月13日初版16刷

售價／280元

國家圖書館出版品預行編目資料

都市傳說10：消失的房間 / 笭菁著, -初版, -臺北市：奇幻基地出版；家庭傳媒城邦分公司發行；2016.5（民105.5）
面：公分. –（境外之城：63）
ISBN 978-986-92728-8-9（平裝）

857.7　105005339

ISBN 978-986-92728-8-9
Printed in Taiwan.

廣　告　回　函
北區郵政管理登記證
台北廣字第000791號
郵資已付，免貼郵票

104台北市民生東路二段141號11樓

英屬蓋曼群島商家庭傳媒股份有限公司城邦分公司 收

請沿虛線對摺，謝謝

奇幻基地

每個人都有一本奇幻文學的啓蒙書

奇幻基地官網：http://www.ffoundation.com.tw
奇幻基地粉絲團：http://www.facebook.com/ffoundation

書號：1HO063　　書名：都市傳說10：消失的房間

請於此處用膠水黏貼

奇幻基地

讀者回函卡

謝謝您購買我們出版的書籍！請費心填寫此回函卡，我們將不定期寄上城邦集團最新的出版訊息。

姓名：________________ 性別：□男 □女

生日：西元________年________月________日

地址：________________

聯絡電話：________________傳真：________________

E-mail ：________________

學歷：□ 1.小學 □ 2.國中 □ 3.高中 □ 4.大專 □ 5.研究所以上

職業：□ 1.學生 □ 2.軍公教 □ 3.服務 □ 4.金融 □ 5.製造 □ 6.資訊

□ 7.傳播 □ 8.自由業 □ 9.農漁牧 □ 10.家管 □ 11.退休

□ 12.其他________________

您從何種方式得知本書消息？

□ 1.書店 □ 2.網路 □ 3.報紙 □ 4.雜誌 □ 5.廣播 □ 6.電視

□ 7.親友推薦 □ 8.其他________________

您通常以何種方式購書？

□ 1.書店 □ 2.網路 □ 3.傳真訂購 □ 4.郵局劃撥 □ 5.其他

您購買本書的原因是（單選）

□ 1.封面吸引人 □ 2.內容豐富 □ 3.價格合理

您喜歡以下哪一種類型的書籍？（可複選）

□ 1.科幻 □ 2.魔法奇幻 □ 3.恐怖 □ 4.偵探推理

□ 5.實用類型工具書籍

您是否為奇幻基地網站會員？

□ 1.是□ 2.否（若您非奇幻基地會員，歡迎您上網免費加入 http://www.ffoundation.com.tw/）

對我們的建議：________________

____

____

請於此處用膠水黏貼